PASSAGEM PARA O OCIDENTE

MOHSIN HAMID

Passagem para o Ocidente

Um romance

Tradução
José Geraldo Couto

Copyright © 2017 by Mohsin Hamid
Todos os direitos reservados

Grafia atualizada segundo o Acordo Ortográfico da Língua Portuguesa de 1990, que entrou em vigor no Brasil em 2009.

Título original
Exit West

Capa
Claudia Espínola de Carvalho

Preparação
Ana Cecília Agua de Melo

Revisão
Valquíria Della Pozza
Ana Maria Barbosa

Dados Internacionais de Catalogação na Publicação (CIP)
(Câmara Brasileira do Livro, SP, Brasil)

Hamid, Mohsin
　　Passagem para o Ocidente : um romance / Mohsin Hamid ; tradução José Geraldo Couto. — 1ª ed. — São Paulo : Companhia das Letras, 2018.

　　Título original: Exit West.
　　ISBN 978-85-359-3088-7

　　1. Ficção paquistanesa (Inglês) I. Título.

18-13130　　　　　　　　　　　　　　　　　　CDD-823

Índice para catálogo sistemático:
1. Ficção : Literatura paquistanesa em inglês 823

[2018]
Todos os direitos desta edição reservados à
EDITORA SCHWARCZ S.A.
Rua Bandeira Paulista, 702, cj. 32
04532-002 — São Paulo — SP
Telefone: (11) 3707-3500
www.companhiadasletras.com.br
www.blogdacompanhia.com.br
facebook.com/companhiadasletras
instagram.com/companhiadasletras
twitter.com/cialetras

Para Naved e Nasim

Um

Numa cidade abarrotada de refugiados, mas ainda predominantemente em paz, ou pelo menos ainda não em guerra aberta, um garoto conheceu uma garota numa sala de aula e não lhe dirigiu a palavra. Por muitos dias. O nome dele era Saeed e o dela era Nadia, e ele usava barba, não uma barba cheia, e sim uma barbinha rala aparada cuidadosamente, e ela estava sempre coberta dos dedos dos pés à base da jugular por um manto negro ondulante. Naquela época as pessoas ainda se davam ao luxo de vestir mais ou menos o que quisessem, no que diz respeito a roupas e cabelos, dentro de certos limites, claro, de modo que suas escolhas significavam algo.

Pode parecer estranho que em cidades cambaleando à beira do abismo jovens ainda compareçam às aulas — nesse caso, a uma aula noturna sobre identidade empresarial e marcas de produtos —, mas é assim que as coisas são, seja quanto às cidades, seja quanto à vida, pois por um momento estamos entretidos com nossos afazeres habituais e no momento seguinte estamos morrendo, e nosso fim para sempre iminente não interrompe nossos começos e meios transitórios até o instante em que o fim chega de fato.

Saeed notou que Nadia tinha um sinal de nascença no pescoço, ovalado e amarronzado, que às vezes, poucas vezes mas não nunca, se mexia com a pulsação dela.

Não muito tempo depois de notar isso, Saeed falou com Nadia pela primeira vez. A cidade deles ainda não havia sofrido nenhum grande conflito, apenas alguns tiroteios e a estranha explosão do carro, sentida na cavidade torácica das pessoas como uma vibração subsônica semelhante às emitidas por enormes alto-falantes em concertos de música, e Saeed e Nadia tinham recolhido seus livros e estavam saindo da classe.

Na escada ele se virou para ela e disse: "Olha só, você gostaria de tomar um café", e depois de uma breve pausa acrescentou, para soar menos atrevido, tendo em vista os trajes conservadores dela, "na lanchonete?".

Nadia olhou-o nos olhos. "Você não faz as suas orações noturnas?", perguntou.

Saeed lançou mão de seu sorriso mais afetuoso. "Nem sempre. Infelizmente."

A expressão dela não mudou.

Então ele persistiu, aferrando-se ao seu sorriso com o crescente desespero de um desafortunado alpinista: "Penso que é uma coisa pessoal. Cada um... ou cada uma... de nós tem seu próprio jeito. Ninguém é perfeito. E, em todo caso...".

Ela o interrompeu. "Eu não rezo", disse.

Continuou a encará-lo fixamente.

Depois disse: "Talvez outro dia".

Sob o olhar dele, ela caminhou para a área de estacionamento dos estudantes e ali, em vez de cobrir a cabeça com um lenço preto, como ele esperava, colocou um capacete preto de motoqueiro que estivera preso a uma surrada moto *trail* de cem cilindradas, baixou o visor e deu a partida, desaparecendo com um ronco moderado no lusco-fusco.

No dia seguinte, no trabalho, Saeed não conseguia parar de pensar em Nadia. O empregador de Saeed era uma agência especializada na colocação de propaganda de rua. Eles possuíam outdoors por toda a cidade, alugavam outros e negociavam espaços adicionais com empresas de ônibus, estádios de futebol e proprietários de edifícios altos.

A agência ocupava ambos os andares de um casarão reformado e tinha mais de uma dúzia de empregados. Saeed era um dos mais novatos, mas seu chefe gostava dele e o incumbira de elaborar uma proposta de campanha para uma empresa local de sabão que precisava ser enviada por e-mail antes das cinco. Normalmente Saeed tentava fazer um exaustivo trabalho de pesquisa on-line e customizar suas apresentações tanto quanto possível. "Não é uma história se não tiver uma plateia", seu chefe gostava de dizer, e para Saeed isso significava tentar mostrar ao cliente que a agência entendia realmente do negócio dele, que podia se colocar na sua pele e enxergar as coisas do seu ponto de vista.

Mas hoje, embora a campanha fosse importante — toda campanha era importante: a economia estava desaquecida, por conta da inquietação crescente, e uma das primeiras despesas que os clientes pareciam querer cortar era a propaganda de rua —, Saeed não conseguia se concentrar. Uma árvore grande, crescida desordenadamente e sem poda, erguia-se no terreno dos fundos do casarão da empresa, bloqueando a luz do sul de tal maneira que o que tinha sido um gramado agora era terra com uns poucos tufos de grama, entremeados por uma porção matinal de bitucas de cigarro, pois o chefe proibira as pessoas de fumar dentro da agência, e no alto dessa árvore Saeed avistara um falcão construindo seu ninho. O pássaro trabalhava sem descanso. Às vezes pairava à altura dos olhos, quase imóvel ao vento, e então, com um minúsculo movimento de uma asa, ou mesmo das penas voltadas para cima na ponta de uma asa, dava uma guinada.

Saeed pensava em Nadia e observava o falcão.

Quando finalmente seu tempo estava acabando, ele fez um esforço para preparar a proposta de campanha, copiando e colando de outras que tinha feito antes. Só uma parte mínima das imagens que selecionou tinha alguma coisa a ver com sabão. Levou um esboço ao chefe e teve que reprimir um tremor ao estender o braço para entregá-lo.

Mas o chefe parecia preocupado com outra coisa e nem notou. Limitou-se a rabiscar algumas pequenas correções na cópia impressa, devolveu-a a Saeed com um sorriso tristonho e disse: "Mande logo".

Alguma coisa em sua expressão fez Saeed sentir pena dele. Lamentou não ter feito um trabalho melhor.

No momento em que o e-mail de Saeed estava sendo baixado de um servidor e lido por seu cliente, na distante Austrália uma mulher de pele pálida dormia sozinha no bairro de Surry Hills, em Sydney. Seu marido estava em Perth, a trabalho. A mulher usava uma camiseta longa, uma das dele, e uma aliança de casamento. Seu torso e sua perna esquerda estavam cobertos por um lençol ainda mais branco que a sua pele; a perna direita e o quadril do mesmo lado estavam expostos. No tornozelo direito, empoleirada sobre a cavidade do tendão de aquiles, ficava a tatuagem azul de um pequeno pássaro mitológico.

A casa tinha alarme, mas estava desativado. Tinha sido instalado pelos antigos moradores, por outros que um dia tinham chamado aquele lugar de lar, antes que o fenômeno que chamam de gentrificação do bairro tivesse chegado ao ponto atual. A mulher adormecida usava o alarme apenas esporadicamente, em geral quando o marido estava ausente, mas naquela noite ela havia esquecido. A janela de seu quarto, quatro metros acima do chão, estava aberta, só uma fresta.

Na gaveta do criado-mudo havia uma cartela pela metade de pílulas anticoncepcionais, consumidas pela última vez três meses antes, quando ela e o marido ainda tentavam evitar a gravidez, passaportes, talões de cheques, recibos, moedas, chaves, um par de algemas e alguns papéis de embrulho de gomas de mascar ainda não mascadas.

A porta para o closet estava aberta. O quarto estava banhado pela luminosidade da fonte do computador e do roteador da internet sem fio, mas a abertura para o closet estava escura, mais escura que a noite, um retângulo de completa escuridão — o coração das trevas. E daquelas trevas um homem emergia.

Ele também era escuro, de pele escura e cabelo crespo escuro. Passava pela porta com grande esforço, com as mãos agarrando os batentes como se avançasse contra a força da gravidade, ou contra o ímpeto de uma onda monstruosa. Logo depois da cabeça surgiu o pescoço, com os tendões tensos, e em seguida o peito, na camisa marrom e cinza suada e meio desabotoada. De repente ele fez uma pausa em seu forcejo. Olhou em volta do quarto. Olhou para a mulher adormecida, para a porta fechada do quarto, para a janela aberta. Recuperou o ânimo, lutando com todas as forças para entrar, mas em desesperado silêncio, o silêncio de um homem debatendo-se no chão de um beco, tarde da noite, para se libertar de mãos que pressionam sua garganta. Mas não havia mão alguma em torno da garganta daquele homem. Ele só não queria ser ouvido.

Com um impulso final ele estava dentro do quarto, tremendo e deslizando para o chão como um potro recém-nascido. Estendeu-se imóvel, exausto. Tentou não arfar. Levantou. Seus olhos giravam terrivelmente. Sim: terrivelmente. Ou talvez nem tão terrivelmente assim. Talvez eles só estivessem olhando em volta, para a mulher, para a cama, para o quarto. Tendo sido criado nas circunstâncias não raro perigosas nas quais ele crescera, estava ciente da fragilidade de seu próprio corpo. Sabia quão pouco bastava para transformar um homem numa massa de carne: o golpe errado, o tiro errado, o movimento errado de uma lâmina, a guinada de um carro, a presença de um micro-organismo num aperto de mão, uma tosse. Estava ciente de que, sozinha, uma pessoa não é quase nada.

A mulher que dormia dormia sozinha. Ele, em pé diante dela, também estava sozinho. A porta do quarto estava fechada. A janela estava aberta. Escolheu a janela. Atravessou-a num instante, pousando suavemente na rua abaixo.

Enquanto esse incidente ocorria na Austrália, Saeed apanhava pão fresco para o jantar e se dirigia para casa. Era um homem adulto, de espírito independente, solteiro, com um emprego decente e uma boa formação, e como acontecia naqueles dias, naquela cidade, com a maioria dos homens adultos, de espírito independente, solteiros, com empregos decentes e boa formação, morava com os pais.

A mãe de Saeed tinha o ar dominador de uma professora de colégio, o que ela de fato havia sido, e seu pai, o jeito perdido de um professor universitário, o que continuava sendo — embora com salário reduzido, pois ultrapassara a idade para a aposentadoria oficial e fora forçado a buscar ocupação como professor-visitante. Os pais de Saeed, muito tempo atrás, tinham escolhido profissões respeitáveis num país que acabaria sendo muito ruim para seus profissionais respeitáveis. Segurança e status só seriam encontrados em outras ocupações bem diferentes. Saeed tinha nascido tardiamente para eles, tão tardiamente que sua mãe julgara que o médico estava provocando-a ao perguntar se ela achava que estava grávida.

O pequeno apartamento deles ficava num prédio outrora bonito, com uma fachada ornamentada, agora caindo aos pedaços, que datava da era colonial, numa parte da cidade que havia sido nobre, hoje apinhada de gente e de comércio. Tinha sido desmembrado de um apartamento muito maior e compreendia três cômodos: dois modestos quartos de dormir e um terceiro cômodo que eles usavam como sala de estar, de jantar, de entretenimento e de televisão. Esse terceiro cômodo também era de tamanho modesto, mas tinha janelas altas e uma sacada utilizável, ainda que estreita, com vista para um beco e, bulevar acima, para uma fonte seca que em outros tempos jorrava e cintilava à luz do sol. Era o tipo de vista que poderia justificar uma ligeira elevação de preço em tempos mais brandos e prósperos, mas muito indesejável em tempos de conflito, quando ficava bem no meio do fogo pesado de metralhadoras e mísseis à medida que os combatentes avançavam para aquela parte da cidade: uma vista que era como olhar para dentro do cano de um fuzil. Localização, localização, localização, dizem os corretores de imóveis. Geografia é destino, respondem os historiadores.

A guerra logo iria corroer a fachada do prédio deles como se tivesse acelerado o próprio tempo, o desgaste de um dia ultrapassando o de uma década.

Quando os pais de Saeed se conheceram, tinham a mesma idade que Saeed e Nadia quando se conheceram. O casal mais velho teve um casamento por amor, um casamento entre estranhos não arranjado pelas famílias, o que, em seu círculo, se não era sem precedentes, ainda era pouco comum.

Conheceram-se no cinema, durante o intervalo de um filme sobre uma princesa matreira. A mãe de Saeed espiou o pai dele fumando um cigarro e espantou-se com a semelhança entre ele e o galã do filme. Essa semelhança não era inteiramente acidental: embora um pouco tímido e bastante estudioso, o pai de Saeed espelhava-se no estilo dos astros populares do cinema e da música de seu tempo, como a maioria de seus amigos. Mas a miopia do pai de Saeed, combinada com sua personalidade, conferia-lhe uma expressão genuinamente sonhadora, e por conta disso, de maneira compreensível, a mãe de Saeed passou a acreditar que ele não apenas se parecia com o personagem como também o encarnava. Ela decidiu fazer sua abordagem.

Em pé, diante do pai de Saeed, ela começou a conversar entusiasmada com uma amiga, simulando ignorar o objeto do seu desejo. Ele a notou. Ouviu o que ela dizia. Juntou coragem para lhe dirigir a palavra. E assim foi, como ambos gostavam de dizer ao recontá-la nos anos subsequentes, a história de seu primeiro encontro.

Tanto a mãe como o pai de Saeed eram bons leitores e, cada um à sua maneira, debatedores, e nos primeiros dias do namoro eram vistos com frequência se encontrando furtivamente em livrarias. Mais tarde, depois do casamento, quando estavam fora, costumavam ler juntos à tarde em cafés e restaurantes, ou, se o clima permitisse, em sua sacada. Ele fumava e ela dizia não fumar, mas muitas vezes, quando as cinzas do cigarro aparentemente esquecido por ele se estendiam de modo impossível, ela o tomava dos dedos dele, tirava suavemente o excesso num cinzeiro e dava uma tragada longa e um tanto lasciva antes de devolvê-lo com um gesto elegante.

O cinema em que os pais de Saeed se conheceram desaparecera havia muito tempo na época em que o filho deles conheceu Nadia, assim como suas livrarias favoritas e seus amados restaurantes e cafés. Não que os cinemas, livrarias, restaurantes e cafés tivessem desaparecido da cidade, mas é que muitos dos que existiam antes tinham deixado de existir. O cinema que eles recordavam com tanto carinho tinha sido substituído por uma galeria de lojas de computadores e periféricos eletrônicos. O prédio adotara o mesmo nome do cinema que o precedera: ambos tiveram no passado o mesmo proprietário, e o cinema tinha sido tão famoso que se tornara sinônimo do local. Ao andar pela galeria e ver o velho nome no novo letreiro em néon, às vezes o pai de Saeed, às vezes a mãe de Saeed, rememoravam e sorriam. Ou rememoravam e faziam uma pausa.

Os pais de Saeed não fizeram sexo até a noite de núpcias. Dos dois, foi a mãe de Saeed quem se sentiu mais desconfortável, mas foi também quem mais gostou, e por isso insistiu para que repetissem o ato duas vezes antes do amanhecer. Durante muitos anos, o equilíbrio dos dois permaneceu assim. Falando em termos gerais, ela era voraz na cama. Falando em termos gerais, ele era amável. Talvez por não ter engravidado até a concepção de Saeed, duas décadas depois, e por isso ter concluído que não podia ter filhos, ela era capaz de transar com desembaraço, isto é, sem pensar nas consequências nem nos transtornos de ter uma criança para criar. Enquanto isso, a atitude típica dele, ao longo da primeira metade da vida conjugal do casal, diante dos ardentes ímpetos dela, era a de um homem agradavelmente surpreso. Ela considerava eróticos os bigodes e ser pega por trás. Ele a achava sensual e provocante.

Depois que Saeed nasceu, a frequência com que seus pais

faziam sexo caiu consideravelmente, e continuou em declínio com o passar do tempo. Um útero começou a sofrer prolapso, e para ele era cada vez mais difícil manter uma ereção. Durante essa fase, o pai de Saeed passou a ser escalado, ou a escalar a si próprio, cada vez com mais frequência, como aquele que tentava dar início ao sexo. A mãe de Saeed às vezes se perguntava se ele fazia isso por um desejo genuíno ou simplesmente por carência de intimidade. Ela tentava ao máximo corresponder. Ele acabava sendo rejeitado por seu próprio corpo tanto ou mais do que pelo dela.

No último ano da vida que compartilhavam, o ano que já estava bem avançado quando Saeed conheceu Nadia, eles fizeram sexo apenas três vezes. Num ano, o mesmo número de vezes da noite de núpcias. Mas o pai dele manteve sempre um bigode, por insistência da mulher. E eles nunca trocaram de cama: as barras da cabeceira, como balaústres de um parapeito, quase pediam para ser agarradas.

Naquilo que a família de Saeed chamava de sala de estar havia um telescópio, preto e lustroso. Tinha sido dado ao pai de Saeed pelo pai deste, e o pai de Saeed, por sua vez, presenteara-o a Saeed, mas como Saeed ainda morava na casa, isso significava que o telescópio seguia instalado onde sempre estivera, em seu tripé num canto, embaixo de um intrincado barco a vela que velejava dentro de uma garrafa de vidro no mar de uma estante triangular.

O céu sobre a cidade deles ficara poluído demais para a atividade de observar estrelas. Mas em noites sem nuvens depois de um dia de chuva, o pai de Saeed às vezes levava para fora o telescópio, e a família bebericava chá verde no terraço, desfrutando uma brisa, e revezava-se para espiar no céu objetos cuja luz, muitas vezes, tinha sido emitida antes que qualquer um dos três observadores nem sequer tivesse nascido — luz de outros séculos, só agora chegando à Terra. O pai de Saeed chamava a isso de viagem no tempo.

Numa noite específica, porém, na verdade na noite depois de ele ter tido dificuldade para preparar a proposta de campanha para a empresa de sabão, Saeed esquadrinhava distraidamente uma trajetória abaixo da linha do horizonte. Em seu visor estavam janelas e muros e telhados, às vezes imóveis, às vezes movendo-se a uma velocidade incrível.

"Acho que ele está espiando mocinhas", o pai de Saeed disse à esposa.

"Comporte-se, Saeed", disse sua mãe.

"Bom, ele é seu filho."

"Nunca precisei de um telescópio."

"Sim, você preferia atuar a curta distância."

Saeed balançou a cabeça e virou o telescópio para cima.

"Estou vendo Marte", disse ele. E de fato estava. O segundo planeta mais próximo, com suas feições indistintas, da cor de um crepúsculo depois de uma tempestade de areia.

Saeed aprumou o corpo e ergueu seu telefone, dirigindo a câmera para os céus, consultando um aplicativo que indicava os nomes dos corpos celestes que ele não conhecia. O Marte que ele mostrava era mais detalhado também, embora fosse evidentemente um Marte de outro momento, um Marte pretérito, fixado na memória pelo criador do aplicativo.

À distância a família de Saeed ouviu o som de tiros de metralhadora, estalos repetitivos que não eram altos e no entanto chegavam a eles nitidamente. Ficaram ali sentados por mais um tempo. Então a mãe de Saeed propôs que voltassem para dentro.

Quando Saeed e Nadia finalmente tomaram café juntos na lanchonete, o que aconteceu na semana seguinte, logo depois da aula que tinham juntos, Saeed perguntou-lhe sobre aquele manto negro conservador que escondia tudo.

"Se você não reza", disse ele, baixando a voz, "por que vestir isso?"

Estavam sentados numa mesa para dois junto a uma janela, com vista para o tráfego congestionado na rua abaixo. Seus celulares repousavam entre eles com as telas voltadas para baixo, como as armas de malfeitores durante uma discussão.

Ela sorriu. Bebeu um gole. E falou, com a metade inferior do rosto coberta por sua xícara.

"Para os homens não acharem que podem transar comigo", disse.

Dois

Quando Nadia era criança, seu assunto favorito era arte, ainda que a arte lhe fosse ensinada apenas uma vez por semana e ela não se considerasse particularmente talentosa como artista. Frequentara uma escola que enfatizava a memorização mecânica, para a qual, por temperamento, ela era particularmente inapta, e por conta disso passava boa parte do tempo rabiscando desenhos nas margens de seus livros e cadernos, debruçada sobre eles para esconder arabescos e universos silvestres em miniatura dos olhos dos professores. Se a flagrassem, receberia uma repreensão, ou de vez em quando uma palmada na nuca.

A arte, na casa da infância de Nadia, consistia de versos religiosos e fotos de lugares sagrados, emolduradas e penduradas nas paredes. A mãe e a irmã de Nadia eram mulheres pacatas e seu pai era um homem que tentava ser pacato, julgando isso uma virtude, mas que mesmo assim entrava em ebulição com facilidade e frequência no que dizia respeito a Nadia. O constante questionamento e a crescente irreverência dela em questões de fé o aborreciam e assustavam. Não havia violência física na casa de Nadia, e sim muito pendor para a caridade, mas quando depois de terminar a faculdade Nadia anunciou, para absoluto horror da família, e para sua própria surpresa, pois não planejara dizer aquilo, que ia sair de casa para morar sozinha, como mulher solteira, a ruptura envolveu palavras duras de todas as partes, de seu pai, de sua mãe, mais duras ainda de sua irmã, e talvez as piores de todas da própria Nadia, de tal maneira que tanto Nadia como sua família passaram a considerá-la dali em diante uma pessoa sem família, algo de que todos eles, todos os quatro, arrependeram-se pelo resto da vida, mas que nenhum deles agiria para consertar, em parte por teimosia, em parte por não ter ideia de como fazê-lo, e em parte porque a iminente queda da cidade no abismo viria antes que percebessem que tinham perdido a chance.

As experiências de Nadia durante seus primeiros meses como mulher solteira morando sozinha igualaram, em alguns momentos, ou até ultrapassaram a sordidez e o perigo para os quais sua família a alertara. Mas tinha um emprego numa companhia de seguros e estava determinada a sobreviver, e sobreviveu. Conseguiu um apartamento só para si no alto da casa de uma viúva, um toca-discos e uma pequena coleção de vinis, um círculo de conhecidos entre os espíritos livres da cidade e uma conexão com uma ginecologista que era discreta e não fazia julgamentos morais. Aprendeu como se vestir para autoproteção, como lidar com homens agressivos e com a polícia, e com homens agressivos que eram da polícia, e a sempre confiar nos próprios instintos acerca de situações a evitar ou das quais fugir imediatamente.

Mas, sentada diante de sua mesa na companhia de seguros, numa tarde dedicada a renovar apólices de seguros empresariais de veículos por telefone, quando recebeu uma mensagem de Saeed perguntando se queria se encontrar com ele, sua postura ainda era curvada, como em seus tempos de colegial, e ela ainda rabiscava desenhos, como sempre, nas margens dos papéis à sua frente.

Encontraram-se num restaurante chinês escolhido por Nadia, já que aquela não era uma noite de aula. A família que tinha sido proprietária do lugar desde sua chegada à cidade depois da Segunda Guerra Mundial, e que prosperara ali por três gerações, vendera recentemente o restaurante e emigrara para o Canadá. Mas os preços permaneciam razoáveis, e o padrão da comida ainda não tinha decaído. O salão tinha uma ambiência penumbrosa, de antro de ópio, em contraste com outros restaurantes chineses da cidade. Era iluminado caprichosamente pelo que pareciam ser lanternas de papel com velas dentro, mas na verdade eram de plástico, iluminadas por lâmpadas em forma de chamas que bruxuleavam eletronicamente.

Nadia chegou primeiro e ficou olhando Saeed entrar e caminhar até sua mesa. Como de costume, ele tinha uma expressão divertida nos olhos brilhantes, não de zombaria, mas como se enxergasse o humor das coisas, e isso por sua vez a divertiu e a predispôs a ser afetuosa com ele. Ela conteve o sorriso, sabendo que não demoraria para que ele sorrisse, e de fato ele sorriu antes mesmo de chegar à mesa, e então ela sorriu em resposta.

"Eu gosto daqui", disse ele, indicando o ambiente. "Meio misterioso. Como se pudéssemos estar em qualquer lugar. Bem, não qualquer lugar, mas não aqui."

"Você já viajou para fora?"

Ele fez que não com a cabeça. "Bem que eu gostaria."

"Eu também."

"Para onde você iria?"

Ela ficou olhando para ele por um momento. "Cuba."

"Cuba! Por quê?"

"Não sei. É que me faz pensar em música e em lindos prédios antigos e no mar."

"Parece perfeito."

"E você? Que lugar escolheria? Diga um lugar."

"Chile."

"Então nós dois queremos ir para a América Latina."

Ele abriu um sorriso largo. "O deserto do Atacama. O ar é tão seco, tão claro, e tem tão pouca gente, quase nenhuma luz. Você pode deitar de costas, olhar para cima e contemplar a Via Láctea. Todas as estrelas como gotas de leite borrifado no céu. E você vê as estrelas se movendo lentamente. Porque a Terra está se movendo. E a pessoa se sente como se estivesse deitada numa bola gigantesca que gira no espaço."

Nadia ficou observando as feições de Saeed. Naquele momento elas estavam tingidas de maravilha, e ele, apesar da barba, parecia um garoto. Ele lhe pareceu uma estranha espécie de homem. Uma estranha e atraente espécie de homem.

O garçom veio anotar os pedidos. Nem Nadia nem Saeed quiseram refrigerante, preferindo chá e água, e quando chegou a comida nenhum dos dois quis fachi para comer, pois ambos, ao menos quando observados, se sentiam mais confiantes em sua habilidade com um garfo. Apesar de alguns lances iniciais de falta de jeito, ou antes de timidez disfarçada, acharam fácil conversar um com o outro na maior parte do tempo, o que não deixa de ser uma espécie de alívio num primeiro encontro propriamente dito. Eles falavam em voz baixa, com cuidado para não atrair a atenção de comensais próximos. Terminaram sua refeição cedo demais.

Em seguida encararam o problema com que se defrontam todos os jovens da cidade que querem continuar na companhia um do outro depois de certa hora. Durante o dia havia parques, campi universitários, restaurantes, cafés. Mas à noite, depois do jantar, a menos que um deles tivesse acesso a uma casa onde tais coisas fossem seguras e permitidas, ou tivesse um carro, havia poucos lugares para ficar a sós. A família de Saeed tinha carro, mas estava no conserto, e por isso ele viera de scooter. E Nadia tinha casa, mas era complicado, em mais de um sentido, levar um homem lá.

Mesmo assim ela decidiu convidá-lo.

Saeed pareceu surpreso e extremamente excitado quando ela sugeriu que ele viesse com ela.

"Não vai acontecer nada", explicou ela. "Quero que isso fique claro. Quando eu digo que quero que venha comigo, não estou dizendo que quero suas mãos em mim."

"Não. Claro."

A expressão de Saeed era a de quem sofreu um trauma.

Mas Nadia balançou a cabeça afirmativamente. E, embora houvesse ternura em seus olhos, ela não sorria.

Refugiados tinham ocupado muitos dos locais abertos da cidade, armando barracas nos cinturões verdes entre rodovias, erigindo puxadinhos junto aos muros das casas, dormindo ao relento em calçadas e nas margens das ruas. Alguns pareciam empenhados em recriar os ritmos de uma vida normal, como se fosse completamente natural estar residindo, com uma família de quatro pessoas, sob uma cobertura de plástico escorada por galhos e alguns tijolos lascados. Outros fitavam a cidade com o que parecia ser raiva, ou surpresa, ou súplica, ou inveja. Outros nem se moviam: desacordados, talvez, ou descansando. Possivelmente morrendo. Saeed e Nadia tinham que tomar cuidado a cada curva para não atropelar uma perna ou um braço estendido.

Ao percorrer o caminho de casa com sua moto, seguida por

Saeed em sua scooter, Nadia chegou a se perguntar várias vezes se tinha feito a coisa certa. Mas não mudou de ideia.

Havia duas barreiras de controle no caminho, uma comandada pela polícia e outra, mais nova, pelo Exército. Os policiais não os incomodaram. Os soldados paravam todo mundo. Fizeram-na tirar o capacete, talvez pensando que pudesse ser um homem disfarçado de mulher, mas quando viram que não era o caso mandaram-na seguir com um gesto.

Nadia alugava a parte superior de uma construção estreita pertencente a uma viúva cujos filhos e netos viviam todos no exterior. Aquele prédio tinha sido uma única casa no passado, mas foi construído adjacente a um mercado que mais tarde cresceu e acabou por circundá-lo. A viúva tinha mantido para si o andar intermediário, convertido o térreo numa loja que ela alugava a um vendedor de sistemas de recarga de energia alimentáveis por bateria de automóvel e entregado o andar superior a Nadia, que tivera que vencer a suspeita inicial da viúva alegando que ela também era viúva, de um jovem oficial de infantaria morto em combate, o que, reconhecidamente, não era bem verdade.

O apartamento de Nadia compreendia um quarto conjugado com uma quitinete e um banheiro tão pequeno que tomar uma ducha sem ensopar a pia e o armário era impossível. Mas se abria para um terraço de cobertura com vista para o mercado e, quando não havia corte de energia, era banhado pela luz vibrante de um grande e animado letreiro em néon que dominava as adjacências a serviço de uma bebida gasosa de zero caloria.

Nadia disse a Saeed que esperasse ali perto, num beco escuro dobrando a esquina, enquanto ela destrancava uma porta de grade e entrava sozinha no prédio. Chegando ao apartamento ela estendeu uma colcha sobre a cama e escondeu suas roupas sujas no armário. Encheu uma pequena sacola de compras, esperou mais um instante e atirou-a pela janela.

A sacola caiu ao lado de Saeed com um baque surdo. Ao abri-la ele encontrou a chave extra da porta do prédio de Nadia e também um de seus mantos negros, que ele vestiu furtivamente sobre a própria roupa, cobrindo a cabeça com o capuz, e então, com um andar afetado que a fez pensar num ladrão de comédia teatral, aproximou-se da porta da frente, destrancou-a e um minuto depois apareceu no apartamento dela, onde ela o convidou a sentar.

Nadia escolheu um disco — um álbum cantado por uma mulher morta havia muito tempo, que tinha sido um ícone de um estilo muito justificadamente chamado de soul em sua América natal, e sua voz tão viva, embora não vivesse mais, convocava do passado uma terceira presença num cômodo que de fato continha apenas duas — e perguntou a Saeed se ele gostaria de fumar um baseado, ao que ele felizmente disse sim, oferecendo-se para enrolá-lo.

Enquanto Nadia e Saeed dividiam seu primeiro baseado, em Tóquio, no distrito de Shinjuku, onde passava da meia-noite e, portanto, tecnicamente, o dia seguinte já tinha começado, um rapaz estava bebericando um drinque pelo qual não tinha pagado e ao qual, no entanto, tinha direito. Seu uísque vinha da Irlanda, um lugar onde ele nunca havia estado, mas pelo qual demonstrava muita estima, talvez porque a Irlanda fosse como a Shikoku de um universo paralelo, não dessemelhante na forma, e igualmente descolada do lado oceânico de uma ilha maior numa das pontas da vasta massa de terra eurasiana, ou talvez por causa de um filme irlandês de gângsteres que ele vira repetidas vezes em sua ainda impressionável juventude.

O homem vestia terno e uma camisa branca bem passada e, portanto, qualquer tatuagem que ele porventura tivesse nos braços não estaria visível. Era corpulento mas, ao ficar de pé, mostrava-se elegante em seus movimentos. Seus olhos eram sóbrios, normais, apesar da bebida, e não olhos que atraíssem os olhos dos outros. Os olhares se desviavam rapidamente do seu, como se estivessem no meio de matilhas de cães num lugar selvagem, em que uma hierarquia é estabelecida por alguma faculdade percebida de violência em potencial.

Já fora do bar ele acendeu um cigarro. A rua estava fulgurante de anúncios luminosos, mas relativamente tranquila. Um par de trabalhadores bêbados passou por ele a uma distância segura, e depois uma recepcionista de clube noturno, com passos apressados e olhos fixos no chão da calçada. As nuvens sobre Tóquio pairavam baixas, enviando um monótono reflexo vermelho de volta à cidade, mas agora soprava uma brisa, ele a sentia na pele e no cabelo, uma sensação de maresia e um leve arrepio. Reteve a fumaça nos pulmões e soltou-a devagar. Ela desapareceu no vento.

Surpreendeu-se ao ouvir um ruído atrás de si, pois o beco às suas costas era sem saída e estava vazio quando ele saiu para a rua. Ele o examinara, rapidamente e por hábito, mas não sem cuidado, antes de virar as costas. Agora havia duas garotas filipinas, no final da adolescência, provavelmente ambas com menos de vinte anos, em pé ao lado de uma porta inutilizada nos fundos do bar, uma porta que era sempre mantida trancada, mas que naquele momento estava aberta por algum motivo, uma fachada de escuridão total, como se não houvesse luz alguma dentro, quase como se nenhuma luz pudesse penetrar ali. As garotas estavam vestidas de modo estranho, em tecidos leves demais, tropicais, não o tipo de roupa que você geralmente vê as filipinas usarem em Tóquio, ou qualquer outra pessoa nessa época do ano. Uma delas tinha chutado sem querer uma garrafa de cerveja vazia. A garrafa rolou, estridente, descrevendo um arco veloz na calçada.

Elas não olharam para ele. Teve a impressão de que não sabiam com quem estavam lidando. Passaram por ele falando aos sussurros, com palavras ininteligíveis, mas nas quais ele reconheceu o idioma tagalo. Pareciam agitadas: talvez empolgadas, talvez assustadas, talvez as duas coisas — em todo caso, pensou o homem, com mulheres era difícil dizer. Estavam no território dele. Não era a primeira vez naquela semana que ele via um grupo de filipinos que pareciam desprevenidos em seu pedaço da cidade. Não gostava de filipinos. Tinham seu lugar, mas precisavam saber qual era tal lugar. Existia um garoto meio filipino na sua classe no ensino médio que ele surrava com frequência, uma vez com tanta violência que só não foi expulso da escola porque não houve quem quisesse dizer quem fizera aquilo.

Ficou olhando as garotas caminharem. Refletiu.

E pôs-se a andar atrás delas, acariciando o metal em seu bolso enquanto as seguia.

Em tempos de violência, há sempre aquele primeiro conhecido ou íntimo nosso que, ao ser atingido, de uma hora para outra torna dilacerantemente real aquilo que até então tinha parecido um sonho ruim. Para Nadia essa pessoa era seu primo, um homem de determinação e de intelecto consideráveis, que mesmo quando jovem não dava muita importância à diversão, que raramente ria, que ganhara medalhas na escola e decidira tornar-se médico, que emigrara com sucesso para o exterior, que voltava uma vez por ano para visitar os pais e que, junto com outros oitenta e cinco, foi explodido em pedaços por um caminhão-bomba, literalmente em pedaços, os maiores dos quais, no caso do primo de Nadia, eram a cabeça e dois terços de um braço.

Nadia não soube da morte do primo a tempo de comparecer ao funeral, e não visitou seus parentes, não por falta de sentimento, mas porque queria evitar ser a causa de aborrecimentos. Planejara ir ao cemitério sozinha, mas Saeed tinha lhe telefonado e perguntado, em meio aos silêncios dela, qual era o problema, e ela de algum modo acabara contando a ele, e ele se oferecera para ir junto, insistira sem insistir, o que estranhamente veio como uma espécie de alívio. De modo que foram juntos, bem cedo na manhã seguinte, e viram o montículo arredondado de terra fresca, adornado com flores, sobre os restos mortais do primo dela. Saeed rezou em pé. Nadia não ofereceu uma oração, nem espalhou pétalas de rosa, mas se ajoelhou e pousou a mão no montículo, ainda úmido pela visita recente de um coveiro com um regador, e fechou os olhos por um bom tempo, enquanto surgia e desaparecia o som de um avião a jato descendo para pousar no aeroporto próximo.

Tomaram o café da manhã numa lanchonete, café e uns pães com manteiga e geleia, e ela falou, mas não sobre seu primo, e Saeed parecia estar muito presente, confortável ali naquela manhã incomum, sem que ela falasse sobre o que era mais importante, e ela sentiu que as coisas mudavam entre eles, ficavam mais sólidas, de certo modo. Então Nadia foi até a companhia de seguros onde trabalhava, lidou com apólices de frotas de veículos até a hora do almoço. Seu tom era firme e profissional. Os clientes com quem ela tratava poucas vezes diziam palavras impróprias. Ou pediam seu telefone pessoal. Em todo caso, quando pediam, ela não dava.

Nadia tinha saído com um músico por um tempo. Haviam se conhecido num concerto underground, mais propriamente numa jam session, talvez umas cinquenta ou sessenta pessoas apinhadas nas instalações à prova de som de um estúdio de gravação cada vez mais especializado em trabalho de áudio para a televisão — já que o mercado local de música, por razões tanto de segurança como de pirataria, passava por grandes dificuldades. Como era seu costume na época, no concerto ela estava vestida com seu manto negro, fechado até o pescoço, e o músico, também como era seu costume, vestia uma camiseta branca muito justa, grudada no peito e na barriga enxutos, e ela ficara olhando para ele, e ele a rodeara, e eles tinham ido para a casa dele naquela noite, e ela se livrara do peso da sua virgindade com alguma perplexidade, mas sem muita preocupação.

Era raro conversarem ao telefone, encontravam-se apenas de vez em quando, e ela suspeitava que ele tivesse muitas outras mulheres. Não queria ficar perguntando. Apreciava a desenvoltura dele com o próprio corpo, o ritmo e a sutileza de seu toque, e sua beleza, sua beleza animal, e o prazer que ele suscitava nela. Julgava não ter muita importância para ele, mas quanto a isso se enganava, pois o músico estava bastante enamorado, e nem um pouco desinteressado dela como ela supunha, só que o orgulho e também o medo, sem contar a pose, impediam-no de pedir a ela mais do que ela oferecia. Ele se atormentou mais tarde por isso, mas não muito, ainda que depois do último encontro deles não tenha conseguido parar de pensar nela até sua morte, que estava, sem que nenhum dos dois pudesse saber, apenas a poucos meses de distância.

Nadia primeiro pensou que não havia necessidade de se despedir, que se despedir envolvia uma espécie de presunção, mas sentiu então um pouco de tristeza, e soube que precisava dizer adeus, não por ele, pois duvidava que ele se importasse, mas por ela mesma. E já que eles tinham pouco a dizer um ao outro por telefone e as mensagens pelo celular pareciam demasiado impessoais, ela decidiu falar pessoalmente, num local público, não no apartamento bagunçado e almiscarado dele, onde ela confiava menos em si mesma, mas quando ela disse isso ele a convidou para subir, "uma última vez", e ela pretendeu dizer não, mas acabou dizendo sim, e o sexo que fizeram foi um sexo ardente de despedida, e foi também, não sem surpresa, surpreendentemente bom.

Mais tarde na vida ela de vez em quando se perguntava o que teria sido feito dele, e nunca saberia.

No anoitecer seguinte, helicópteros encheram o céu como aves assustadas por um disparo ou pelo golpe de um machado na base de sua árvore. Eles se ergueram, individualmente ou aos pares, e se espalharam no céu sobre a cidade, avermelhado pelo crepúsculo, enquanto o sol deslizava para baixo do horizonte, e o zumbido de seus rotores ecoou através das janelas e por entre os becos, dando a impressão de comprimir o ar embaixo deles, como se cada um estivesse montado no topo de uma coluna invisível, um cilindro invisível e respirável, eram assim aquelas estranhas esculturas móveis com aspecto de falcões, algumas delgadas, com cabines duplas, piloto e artilheiro em alturas diferentes, e outras gordas, cheias de tripulantes, retalhando o ar através dos céus.

Saeed ficou vendo os helicópteros junto com seus pais, da sacada do apartamento deles. Nadia os observava de sua cobertura, sozinha.

Por uma porta aberta, um jovem soldado contemplava do alto a cidade deles, uma cidade que não lhe era muito familiar, pois tinha crescido no interior e agora estava espantado com seu tamanho, com a imponência de suas torres e a exuberância de seus parques. O estrondo ao seu redor era tremendo, e sua barriga se retorceu quando o helicóptero deu uma guinada brusca.

Três

Naqueles dias, Nadia e Saeed estavam sempre com o telefone à mão. Em seus telefones havia antenas, e essas antenas farejavam um mundo invisível, como que por mágica, um mundo que estava à volta toda deles, e também em nenhuma parte, transportando-os a lugares distantes e próximos, bem como a lugares que nunca tinham existido e nunca viriam a existir. Por muitas décadas depois da independência, uma linha telefônica na cidade deles tinha permanecido uma coisa rara, era longa a lista de espera para obter uma, os homens que instalavam os fios de cobre e os pesados aparelhos eram saudados, reverenciados e subornados como heróis. Mas agora varinhas mágicas agitavam-se no ar da cidade, livres e desimpedidas, telefones aos milhões, e um número podia ser obtido em minutos, por uma bagatela.

Saeed resistia um pouco aos apelos de seu telefone. Achava a antena poderosa demais, e hipnotizadora demais a sua magia, como se ele estivesse devorando um banquete de comida ilimitada, empanturrando-se até se sentir tonto e enjoado, e por isso ele removera, ocultara ou restringira tudo, exceto alguns poucos aplicativos. Seu telefone podia fazer chamadas. Seu telefone podia mandar mensagens. Seu telefone podia tirar fotos, identificar corpos celestes, transformar a cidade num mapa enquanto ele rodava de carro por ela. Mas isso era tudo. Na maior parte do tempo. A exceção era a hora em que, a cada noite, ele habilitava o navegador de seu telefone e se embrenhava pelas veredas da internet. Mas essa hora era regulada com rigor, e quando chegava ao fim um alarme soava, um toque sutil e sibilante, como se viesse do planeta ventoso de alguma sacerdotisa azul e tremeluzente de ficção científica, e então ele travava eletronicamente seu navegador e não voltava a navegar no telefone até o dia seguinte.

No entanto, mesmo aquele telefone cerceado, aquele telefone despojado de grande parte do seu potencial, permitia-lhe acesso à existência separada de Nadia, inicialmente de modo hesitante, depois com mais frequência, a qualquer hora do dia ou da noite, permitia-lhe começar a penetrar nos pensamentos dela, quando ela se enxugava depois de um banho, quando ela comia sozinha um jantar leve, quando ela estava trabalhando exaustivamente diante da sua escrivaninha, quando ela se reclinava, sentada na privada, depois de ter esvaziado a bexiga. Ele a fazia rir, uma, duas, três vezes, fazia sua pele arder e sua respiração acelerar com o despertar inesperado da excitação, tornava-se presente sem presença, e ela provocava o mesmo nele. Logo um ritmo foi estabelecido, e desde então passou a ser raro que transcorressem mais que umas poucas horas sem contato entre eles, e viam-se cada vez mais famintos naqueles primeiros dias de seu romance, tocando um ao outro, mas sem proximidade corporal, sem se soltar. Tinha começado, cada um deles, a ser penetrado pelo outro, mas ainda não tinham se beijado.

Em contraste com Saeed, Nadia não via necessidade de limitar seu telefone. Este lhe fazia companhia em longas noites, como fazia a incontáveis jovens da metrópole encalhados em seus lares, e ela viajava bem longe com ele mundo afora em noites que sem isso seriam solitárias e imóveis. Assistia a bombas caindo, mulheres fazendo ginástica, homens copulando, nuvens se formando, ondas varrendo a areia como as lambidas ásperas de tantas línguas mortais, temporárias, evanescentes, línguas de um planeta que um dia também deixaria de existir.

Nadia frequentemente explorava o terreno das redes sociais, embora deixando poucos traços de sua passagem, sem postar muita coisa e adotando opacos nomes de usuário e avatares, o equivalente on-line de seus mantos negros. Foi por meio das redes sociais que Nadia encomendou os cogumelos alucinógenos que Saeed e ela comeriam na noite em que se tornaram íntimos fisicamente pela primeira vez, cogumelos ainda disponíveis naquela época em sua cidade para entrega em domicílio com pagamento à vista. A polícia e as agências antinarcóticos estavam concentradas em outras substâncias, mais importantes no mercado, e quanto aos insuspeitos *funghi*, fossem eles alucinógenos ou Portobello, todos pareciam iguais, e suficientemente inócuos, fato explorado por um morador local de meia-idade que usava rabo de cavalo e mantinha um pequeno negócio, oferecendo ingredientes raros para chefs e gourmands, e, no entanto, era seguido e curtido na internet predominantemente pelos jovens.

Em poucos meses aquele homem de rabo de cavalo seria decapitado, começando pela nuca, com uma faca serrilhada para que o desconforto fosse maior, e seu corpo sem cabeça ficaria pendurado por um tornozelo numa torre de eletricidade, balançando as pernas escancaradas até que o cadarço do sapato usado por seu carrasco no lugar de uma corda se esgarçasse e cedesse, sem que ninguém tivesse ousado soltá-lo antes disso.

Mas mesmo agora o desenfreado mundo virtual da cidade era o oposto da vida cotidiana da maioria das pessoas, a dos garotos, e especialmente a das garotas, e acima de tudo a das crianças, que iam para a cama sem comer mas podiam assistir a gente numa tela minúscula em terras estrangeiras preparando e devorando e até mesmo fazendo guerras de comida com banquetes tão opulentos que o mero fato da sua existência deixava a mente aturdida.

On-line havia sexo e segurança e fartura e glamour. Na rua, um dia antes da chegada dos cogumelos de Nadia, houve um homem corpulento parado num semáforo vermelho de um cruzamento deserto de fim de noite que se virou para Nadia e a cumprimentou, e quando ela o ignorou, ele passou a xingá-la, dizendo que só uma puta andava de moto, será que ela não sabia que era obsceno uma mulher escarranchar-se numa moto daquele jeito, onde é que já se viu uma coisa dessas, quem ela pensava que era, e vociferava com tanta ferocidade que ela achou que ele fosse atacá-la, enquanto aguardava parada o semáforo abrir, olhando para ele, com o visor baixado, o coração aos pulos, mas as mãos agarrando firme a embreagem e o acelerador, as mãos prontas para tirá-la dali a toda a velocidade, com certeza mais rápido do que ele seria capaz de alcançar com sua scooter judiada, até que ele balançou a cabeça e arrancou com um grito, uma espécie de berro estrangulado, um som que podia ser de raiva, mas que também podia ser de agonia.

Os cogumelos chegaram na manhã seguinte, logo cedo, ao local de trabalho de Nadia, sem que o entregador uniformizado fizesse a menor ideia do que havia dentro do pacote pelo qual Nadia estava pagando e assinando recibo, exceto que estava classificado como produto alimentício. Mais ou menos na mesma hora, um grupo de militantes tomava a Bolsa de Valores da cidade. Nadia e seus colegas passaram boa parte daquele dia de olhos vidrados na televisão perto do bebedouro de seu andar, mas à tarde estava tudo terminado, o Exército decidira que qualquer risco aos reféns era menor que o risco à segurança nacional caso se permitisse a continuação daquele espetáculo midiático desmoralizador, de modo que o edifício foi invadido com força máxima, e os militantes exterminados, e as estimativas preliminares diziam que os trabalhadores mortos eram provavelmente menos de uma centena.

Nadia e Saeed tinham trocado mensagens o tempo todo, e inicialmente pensaram em cancelar o encontro planejado para aquela noite, a segunda vez que Saeed era convidado à casa dela, mas quando viram que, para surpresa geral, nenhum toque de recolher foi anunciado, talvez porque as autoridades quisessem indicar que tinham total controle da situação e que a medida não seria necessária, tanto Nadia como Saeed viram-se inquietos e ansiosos pela companhia um do outro, por isso decidiram ir em frente e manter o encontro no final das contas.

O carro da família de Saeed tinha saído do conserto, e foi nele que Saeed seguiu até a casa de Nadia, e não na sua scooter, sentindo-se de algum modo menos exposto num veículo fechado. Mas ao costurar pelo tráfego seu retrovisor lateral arranhou a porta de um reluzente SUV preto de luxo, meio de transporte de algum industrial ou figurão, mais caro que uma casa, e Saeed se preparou para uma discussão, talvez até uma surra, mas o segurança que saiu pela porta do passageiro do SUV, com um fuzil--metralhadora apontado para o céu, mal teve tempo de lançar a Saeed um olhar sutil e feroz antes de ser chamado de volta ao carro, e o SUV partiu a toda a velocidade, pois seu dono claramente não desejava, não naquela noite, perder tempo.

Saeed estacionou na esquina do prédio de Nadia, mandou uma mensagem avisando que tinha chegado, esperou o baque surdo do saco plástico, enfiou-se no manto que havia lá e subiu correndo as escadas, só que dessa vez carregava suas próprias sacolas, sacolas de frango e cordeiro assados, além de pão quentinho, saído do forno. Nadia pegou a comida de suas mãos e colocou-a no forno para mantê-la isolada e quente — mas, a despeito dessa precaução, o jantar deles já estava frio quando finalmente foi consumido, depois de ter ficado esquecido ali até o amanhecer.

Nadia levou Saeed para fora. Havia colocado no chão do terraço uma almofada comprida, com a capa tecida como um tapete, e sentou-se nela com as costas apoiadas no parapeito, indicando com um gesto que Saeed fizesse o mesmo. Ao sentar-se ele sentiu a lateral da coxa dela, firme, contra a sua, e ela sentiu a lateral da coxa dele, igualmente firme, contra a sua.

Ela disse: "Você não vai tirar isso?".

Referia-se ao manto preto, que ele esquecera que estava vestindo, e então ele olhou para si mesmo, depois ergueu os olhos para ela, sorriu e respondeu: "Você primeiro".

Ela riu: "Os dois juntos, então".

"Juntos."

Puseram-se de pé e despiram seus mantos, encarando um ao outro, e por baixo ambos estavam vestindo jeans e suéteres, havia um friozinho no ar da noite, e o suéter dele era marrom e folgado e o dela era bege e grudado no torso como uma suave segunda pele. Cavalheirescamente, ele tentou não esquadrinhar o corpo dela, concentrando-se nos seus olhos, mas é claro que, conforme sabemos que ocorre com frequência em tais circunstâncias, não estava seguro de ter conseguido, já que o olhar da gente não é um fenômeno inteiramente consciente.

Sentaram-se de novo e ela pousou o punho sobre a coxa, com a palma para cima, e abriu-o.

"Você já experimentou cogumelos alucinógenos?", ela perguntou.

Conversavam em voz baixa sob as nuvens, vislumbrando ocasionalmente um fragmento de lua ou de céu escuro, e à parte isso vendo ondas e chumaços de cinza clareados pela luz da cidade. No começo estava tudo normal, e Saeed se perguntava se ela não estaria zombando dele, ou se tinha sido enganada comprando uma droga fajuta. Logo concluiu que, por algum capricho da biologia ou da psicologia, ele era simplesmente — e infelizmente — resistente a fosse lá o que aqueles cogumelos deveriam produzir.

Portanto ele estava desprevenido para a sensação de assombro que o subjugou, para o espanto com que passou a ver sua própria pele e o limoeiro no vaso de barro no terraço de Nadia, uma árvore da sua altura, e enraizada na terra, por sua vez enraizada no barro do vaso, que repousava sobre a lajota do terraço, que era como o cume daquele prédio, que brotava da própria Terra, e daquela montanha terrestre o limoeiro subia, subia, num gesto tão lindo que Saeed inundou-se de amor, e recordou seus pais, por quem sentiu de repente uma enorme gratidão, e um desejo de paz, de que a paz descesse sobre todos eles, sobre todo mundo, sobre todas as coisas, pois somos tão frágeis, e tão lindos, e certamente conflitos poderiam ser superados se outros tivessem experiências como aquela, e então ele olhou para Nadia e viu que ela estava olhando para ele e os olhos dela eram como mundos.

Não se deram as mãos até que a percepção de Saeed tivesse retornado, horas depois, não ao normal, pois ele suspeitava que talvez nunca mais voltasse a pensar na normalidade como pensava antes, mas a algo mais próximo do que havia antes de eles comerem aqueles cogumelos, e quando se deram as mãos foi um de frente para o outro, sentados, com os pulsos pousados sobre os joelhos, os joelhos quase se tocando, e então ele se inclinou para a frente, e ela se inclinou para a frente, e ela sorriu, e eles se beijaram, e se deram conta de que amanhecia, e não estavam mais escondidos pela escuridão, e poderiam talvez ser vistos de uma outra cobertura, então entraram e comeram a comida fria, não muito, só um pouco, e o gosto dela era bem forte.

O telefone de Saeed tinha morrido e ele o ressuscitou no carro da família com um carregador sobressalente que guardava no porta-luvas, e ao voltar a funcionar o aparelho começou a zumbir e a vibrar com o pânico de seus pais, suas chamadas não atendidas, suas mensagens, seu terror crescente por um filho que não voltou são e salvo para casa naquela noite, uma noite em que muitos filhos de muitos pais não voltaram mesmo, para sempre.

Quando Saeed chegou, seu pai foi dormir, e no espelho ao lado da cama avistou de relance um homem repentinamente muito mais velho, e a mãe ficou tão aliviada ao ver o filho que pensou, por um momento, que deveria esbofeteá-lo.

Nadia não sentia vontade de dormir, de modo que tomou um banho, e a água estava gelada devido à entrada intermitente de gás no seu aquecedor. Em pé, nua como havia nascido, vestiu seus jeans, camiseta e suéter, como fazia quando estava em casa, e por cima de tudo colocou o manto, pronta para resistir aos apelos e expectativas do mundo, e saiu para uma caminhada num parque nas adjacências que agora estaria se esvaziando de seus drogados matutinos e dos amantes gays que tinham saído de suas casas com mais tempo do que precisavam para os afazeres para os quais diziam estar indo.

* * *

Mais tarde naquele dia, enquanto anoitecia no fuso horário de Nadia, com o sol escorregando rapidamente para baixo do horizonte, era manhã em San Diego, Califórnia, na localidade de La Jolla, onde um velho morava junto ao mar, ou melhor, num costão com vista para o oceano Pacífico. A mobília da sua casa estava gasta, mas tinha sido esmeradamente consertada, assim como o jardim: lar de algarobeiras e salgueiros e plantas suculentas que tinham visto tempos melhores, mas ainda estavam vivas e quase livres de pragas.

O velho servira na Marinha durante uma das grandes guerras e tinha respeito pelo uniforme, e por aqueles rapazes que haviam estendido um cordão de isolamento ao redor de sua propriedade, enquanto ele assistia, em pé na rua junto com o comandante deles. Eles o faziam se lembrar de quando tinha a idade deles, sua força, sua elasticidade de movimentos, sua firmeza de propósitos e seus laços uns com os outros, aqueles laços que ele e seus amigos costumavam dizer que eram como de irmãos, mas em certos aspectos eram ainda mais fortes que os de irmãos, ou pelo menos do que o seu laço com o próprio irmão, seu irmão mais novo, que morrera na última primavera de um câncer na garganta que o definhara até deixá-lo com o peso de uma garotinha, e que ficara sem falar com o velho por anos, e que já não conseguia falar quando o velho foi visitá-lo no hospital, só conseguia olhar, e em seus olhos havia exaustão mas não muito medo, eram olhos valentes, num irmão mais novo no qual o velho nunca pensara como alguém valente.

O comandante não tinha tempo para o velho, mas tinha tempo para a sua idade e para a sua folha de serviços prestados, de modo que lhe permitiu ficar nas imediações por algum tempo antes de dizer, com uma educada inclinação de cabeça, que seria melhor agora ele se afastar dali.

O velho perguntou ao policial se eram os mexicanos que tinham passado por lá, ou se eram os muçulmanos, porque ele não tinha certeza, e o policial disse que não podia responder, senhor. Então o velho ficou em silêncio por um momento e o policial o deixou, enquanto os automóveis eram desviados e os motoristas orientados a fazer outro caminho, e vizinhos ricos que tinham comprado suas propriedades recentemente espiavam com atenção de suas janelas, e no fim o velho perguntou o que podia fazer para ajudar.

O velho se sentiu de repente como uma criança, fazendo uma pergunta dessas. O policial era jovem o bastante para ser seu neto.

O policial disse que ele logo ficaria sabendo, senhor.

Você logo vai saber: era isso o que o pai do velho costumava dizer quando ele estava importunando. E num certo sentido o policial se parecia com seu pai, mais com seu pai do que com ele próprio, de todo modo; parecia-se com o pai do velho quando este era criança.

O policial se dispôs a ajudar o velho para que ele fosse deixado onde quisesse, com parentes talvez, ou amigos.

Era um dia morno de início de inverno, claro e ensolarado. Bem abaixo dali os surfistas, vestidos em suas roupas de borracha, remavam com os braços em suas pranchas. Sobre o oceano, à distância, os aviões cinzentos de transporte militar faziam fila para pousar em Coronado.

O velho se perguntava para onde deveria ir, e pensando a respeito percebeu que não lhe ocorria um único lugar.

Depois do ataque à Bolsa de Valores na cidade de Saeed e Nadia, parecia que os militantes tinham mudado de estratégia, ficando mais confiantes, pois, em vez de simplesmente detonar uma bomba aqui ou desfechar um tiroteio ali, começaram a se apossar de territórios por toda a cidade, às vezes um edifício, às vezes um bairro inteiro, em geral durante horas, mas ocasionalmente por vários dias. Como muitos deles chegavam com tanta rapidez de seus bastiões nas montanhas era um mistério, mas a cidade era vasta e espalhada, impossível de ser isolada do campo à sua volta. Além disso, sabia-se muito bem que os militantes contavam com simpatizantes dentro do perímetro urbano.

O toque de recolher que os pais de Saeed vinham esperando foi devidamente imposto e reforçado com esmerado fervor, não apenas com postos de controle em barreiras de sacos de areia e arame farpado, mas também com morteiros, carros de combate e tanques de guerra com suas torres rotatórias encravadas nos crustáceos retangulares de couraça explosiva. Saeed foi rezar com o pai na primeira sexta-feira após o início do toque de recolher, e Saeed rezou pela paz, e o pai de Saeed rezou por Saeed, e o sacerdote conclamou todos os fiéis a rezar para que os bons saíssem da guerra vitoriosos, mas cuidadosamente evitou especificar em que lado do conflito ele julgava que estavam os bons.

O pai de Saeed, enquanto caminhava de volta ao campus e seu filho voltava de carro para o trabalho, sentia que cometera um erro em sua carreira, que deveria ter feito alguma coisa diferente com a sua vida, pois nesse caso talvez tivesse dinheiro para mandar Saeed para o exterior. Talvez ele tivesse sido egoísta, talvez sua ideia de ajudar os jovens e o país por meio do ensino e da pesquisa fosse meramente uma expressão de vaidade, talvez o caminho mais decente a seguir tivesse sido buscar a riqueza a qualquer custo.

A mãe de Saeed rezava em casa, nos últimos tempos com o cuidado de não esquecer nenhuma de suas devoções, mas insistia em dizer que nada havia mudado, que a cidade já presenciara crises similares antes, embora não soubesse dizer quando, e que a imprensa local e a mídia estrangeira estavam exagerando o perigo. Tinha adquirido, no entanto, dificuldade para dormir, e conseguira com sua farmacêutica, uma mulher em cuja discrição confiava, um sedativo para tomar secretamente antes de deitar.

Na agência de Saeed o trabalho estava devagar, embora três de seus colegas tivessem deixado de aparecer por lá e, portanto, devesse haver mais tarefas para os que continuavam presentes. As conversas se concentravam principalmente em teorias conspiratórias, na situação do conflito, em como sair do país — e já que os vistos, que durante muito tempo tinham sido quase impossíveis, agora eram de fato impossíveis de obter para quem não fosse rico, e, portanto, viagens de avião e navio estavam fora de questão, especulava-se o tempo todo sobre os méritos relativos, ou antes os riscos, das várias rotas terrestres de fuga.

No local de trabalho de Nadia ocorria mais ou menos o mesmo, com a intriga complementar de que o chefe dela e o chefe do chefe estariam entre os que tinham fugido do país, já que nenhum deles retornara das férias nas datas previstas. As salas deles seguiam vazias por trás das divisórias de vidro na proa e na popa do andar oblongo — numa delas havia um terno abandonado dentro da capa de proteção, pendurado num porta-chapéus —, ao passo que as fileiras de mesas no salão contínuo entre elas permaneciam em grande parte ocupadas, incluindo a de Nadia, diante da qual ela era vista frequentemente ao telefone.

Nadia e Saeed passaram a se encontrar durante o dia, em geral para almoçar numa lanchonete barata equidistante de seus locais de trabalho, com mesas separadas por divisórias, que propiciavam alguma privacidade, e onde eles entrelaçavam as mãos por baixo da mesa, e às vezes ele acariciava a coxa dela e ela pousava a palma da mão sobre o zíper da braguilha dele, mas apenas brevemente, e muito de vez em quando, nos intervalos em que os garçons e os outros fregueses pareciam não estar olhando, e se atormentavam mutuamente desse jeito, já que sair de casa entre o anoitecer e o amanhecer estava proibido, de modo que não podiam ficar a sós, a menos que Saeed passasse a noite toda com ela, o que para ela parecia um passo que valia a pena tomar, mas para ele era algo que deviam adiar, em parte, segundo dizia, porque não sabia o que dizer a seus pais e em parte porque receava deixá-los sozinhos.

Comunicavam-se na maioria das vezes por telefone, uma mensagem aqui, um link para um artigo ali, uma imagem compartilhada de um deles no seu local de trabalho, ou em casa, diante de uma janela ao pôr do sol ou sentindo o sopro de uma brisa ou fazendo caretas engraçadas.

Saeed tinha certeza de que estava apaixonado. Nadia não estava segura do que sentia exatamente, mas sim de que era algo forte. Circunstâncias dramáticas, tais como aquelas em que eles e outros novos amantes da cidade agora se viam, costumam criar emoções dramáticas, e além do mais o toque de recolher servia para suscitar um efeito similar ao de uma relação à distância, e sabe-se muito bem que as relações à distância têm potencial para intensificar a paixão, ao menos por um tempo, assim como o jejum intensifica o sabor da comida.

Os dois primeiros fins de semana do toque de recolher vieram e passaram sem que eles se encontrassem, pois eclosões de combates tornavam impossíveis os deslocamentos, primeiro no bairro de Saeed, depois no de Nadia, e Saeed contou a Nadia uma piada muito difundida segundo a qual os militantes desejavam educadamente garantir que a população da cidade descansasse bastante em seus dias de folga. Ataques aéreos foram empreendidos pelo Exército em ambas as ocasiões, estilhaçando a janela do banheiro de Saeed enquanto ele tomava uma ducha, e sacudindo como um terremoto Nadia e seu limoeiro quando ela estava sentada em seu terraço fumando um baseado. Bombardeiros rugiam roucamente percorrendo o céu.

Mas no terceiro fim de semana houve uma calmaria, e Saeed foi visitar Nadia e ela o encontrou num café nas proximidades, já que era arriscado demais ela jogar um manto na rua em plena luz do dia, ou ele trocar de roupa ao ar livre, de modo que ele vestiu o manto no banheiro do café enquanto ela pagava a conta e então, com a cabeça coberta e os olhos fitando o chão, ele entrou atrás dela no prédio, e uma vez no apartamento eles logo se meteram na cama dela e estavam quase nus e, depois de muita diversão, mas também do que ela considerou uma demora um tanto excessiva da parte dele, ela perguntou se ele tinha trazido um preservativo e ele segurou o rosto dela nas mãos e disse: "Acho que não devemos fazer sexo até nos casarmos".

E ela riu e apertou o corpo contra o dele.

E ele fez que não com a cabeça.

E ela parou e o encarou dizendo: "Que porra é essa?".

Por um segundo Nadia foi tomada por uma fúria selvagem, mas quando olhou para Saeed ele lhe pareceu quase mortalmente devastado e uma mola se soltou dentro dela e ela sorriu um pouco e o abraçou com força, para torturá-lo e testá-lo, e disse, surpreendendo a si mesma: "Tudo bem. Vamos ver".

Mais tarde, quando estavam deitados na cama escutando um velho e ligeiramente riscado LP de bossa nova, Saeed mostrou a ela em seu celular imagens de um fotógrafo francês de metrópoles famosas à noite, iluminadas apenas pelo brilho das estrelas.

"Mas como ele conseguiu que todo mundo apagasse as luzes?", perguntou Nadia.

"Ele não conseguiu", disse Saeed. "Simplesmente eliminou a iluminação. Por computador, acho."

"E deixou o brilho das estrelas."

"Não, em cima dessas cidades a gente mal vê as estrelas. Assim como aqui. Ele teve que ir a lugares desertos. Lugares sem luzes humanas. Para o céu de cada cidade ele foi a um lugar deserto que ficasse basicamente na mesma latitude, ao norte ou ao sul, o mesmo lugar onde a cidade estaria em algumas horas, com a rotação da Terra, e uma vez ali ele apontava sua câmera na mesma direção."

"Então ele obtinha o mesmo céu que a cidade teria se estivesse totalmente às escuras?"

"O mesmo céu, mas numa hora diferente."

Nadia refletiu sobre isso. Eram dolorosamente lindas aquelas cidades espectrais — Nova York, Rio, Shanghai, Paris — sob suas manchas de estrelas, imagens como que de uma época anterior à da eletricidade, mas com os edifícios de hoje. Se elas se pareciam com o passado, o presente ou o futuro, ela não saberia dizer.

Na semana seguinte parecia que a pesada demonstração de força do governo estava tendo êxito. Não aconteceram novos ataques relevantes na cidade. Havia até rumores de que o toque de recolher talvez fosse relaxado.

Mas um dia o sinal de todos os telefones celulares da cidade simplesmente sumiu, como se tivesse sido desligado por um interruptor. Um anúncio da decisão do governo foi feito na televisão e no rádio, uma medida temporária contra o terrorismo, dizia, mas sem data para terminar. A conectividade à internet também foi suspensa.

Nadia não tinha telefone fixo em casa. A linha fixa de Saeed não funcionava havia meses. Privados dos portais de acesso um ao outro e ao mundo proporcionados por seus celulares, e confinados a seus apartamentos pelo toque de recolher noturno, Nadia e Saeed, bem como incontáveis outros, sentiam-se encalhados, solitários e com muito medo.

Quatro

As aulas noturnas que Saeed e Nadia vinham frequentando tinham acabado, junto com a chegada dos primeiros *smogs* densos do inverno, e em todo caso o toque de recolher significava que cursos como o deles não poderiam ter continuidade. Nenhum deles tinha ido ao local de trabalho do outro, de modo que não sabiam como alcançar um ao outro durante o dia, e sem seus celulares e sem acesso à internet não havia um modo imediato de restabelecer contato. Era como se fossem morcegos que tivessem perdido a audição, e, portanto, a capacidade de encontrar as coisas ao voar na escuridão. No dia seguinte à morte do sinal telefônico, Saeed foi à lanchonete habitual dos dois na hora do almoço, mas Nadia não apareceu, e no dia seguinte, quando ele foi lá de novo, o restaurante estava fechado. Seu proprietário talvez tivesse fugido, ou simplesmente desaparecido.

Saeed sabia que Nadia trabalhava numa companhia de seguros, e de sua sala na agência ligou para a telefonista e pediu os nomes e números de empresas do setor, e tentou telefonar para todas, uma por uma, indagando por Nadia em cada uma delas. Isso levou tempo: a companhia telefônica estava atribulada com a súbita sobrecarga e também com os consertos na infraestrutura destruída nos combates, e assim a linha fixa da agência de Saeed funcionava quando muito de modo intermitente, e quando funcionava era raro conseguir fisgar uma telefonista em meio ao enxame de toques de ocupado, e essa telefonista — a despeito das súplicas desesperadas de Saeed, já que súplicas desesperadas tinham se tornado comuns naqueles dias — estava limitada a fornecer um máximo de dois números por chamada, e, quando Saeed conseguia finalmente obter um novo par de números para tentar, no mais das vezes um deles ou ambos estavam fora de serviço naquele dia, e ele tinha que discar e discar e discar sem parar.

Nadia gastava suas horas de almoço correndo até sua casa para estocar suprimentos. Comprou pacotes de farinha, arroz, nozes e frutas secas, garrafas de óleo, latas de leite em pó, carne curada, peixe em salmoura, tudo a preços exorbitantes, seus antebraços doloridos pelo esforço de subir ao apartamento carregando tudo aquilo, uma carga depois da outra. Gostava de comer verduras, mas as pessoas diziam que o segredo era enfurnar o máximo possível de calorias, e, portanto, alimentos como verduras, que eram volumosos em relação à quantidade de energia que forneciam, e além disso propensos a estragar, eram menos úteis. Mas em pouco tempo as prateleiras dos mercados perto de sua casa estavam quase vazias, até mesmo de verduras, e, quando o governo instituiu a regra de que nenhuma pessoa podia comprar mais do que certa quantidade por dia, Nadia, como muitos outros, sentiu ao mesmo tempo pânico e alívio.

No final de semana, ela foi de manhã bem cedo ao seu banco e ficou plantada numa fila que já estava bastante longa, esperando o banco abrir, mas quando este abriu a fila se tornou um tropel e ela não teve escolha senão lançar-se à frente como todos os outros, e ali no meio da multidão desordenada foi bolinada por trás, alguém passou a mão no seu traseiro e entre as pernas, tentando penetrá-la com um dedo, não conseguindo por causa dos múltiplos tecidos de seu manto, de seu jeans e de suas roupas de baixo, mas chegando o mais próximo possível do êxito nas circunstâncias, exercendo uma força incrível, enquanto ela estava obstruída pelos corpos à sua volta, incapaz de se mover ou mesmo de erguer as mãos, e tão aturdida que nem conseguia gritar, ou falar, reduzida a travar as coxas e os maxilares, a boca cerrando-se de modo automático, quase fisiológico, instintivo, o corpo se lacrando, e então a multidão se moveu e o dedo desapareceu, e não muito depois uns homens barbudos separaram a turba em duas metades, de mulheres e de homens, e ela ficou no interior da área feminina, e sua vez no caixa só chegou depois do almoço, quando então ela sacou todo o dinheiro que era permitido, escondendo-o dentro da roupa e nas botas e colocando apenas um pouco na bolsa, e foi a um cambista para converter uma parte em dólares e em euros e a um joalheiro para converter o que tinha sobrado em umas poucas moedinhas de ouro, olhando o tempo todo por cima do ombro para se assegurar de que não estava sendo seguida, e então voltou para casa, e ao chegar encontrou um homem esperando na entrada, em busca dela, e ao vê-lo ela se enrijeceu e se recusou a chorar, embora estivesse machucada e apavorada e furiosa, e o homem, que estivera esperando por ela, era Saeed.

Ela o conduziu escada acima, esquecendo que podiam ser vistos, ou não se importando, e, portanto, dessa vez sem se dar ao trabalho de arrumar um manto para ele, e no apartamento ela preparou chá para os dois, com as mãos trêmulas, achando difícil falar. Estava constrangida e furiosa por ter ficado tão contente ao vê-lo, e sentia que podia começar a gritar com ele a qualquer momento, e Saeed percebeu quão perturbada ela estava e então abriu em silêncio as sacolas que havia trazido e deu-lhe um fogareiro de camping a querosene, um pouco de combustível extra, uma caixa grande de fósforos, cinquenta velas e um pacote de pastilhas de cloro para desinfetar a água.

"Não consegui encontrar flores", disse.

Ela sorriu por fim, um meio sorriso, e perguntou: "Você tem uma arma?".

Fumaram um baseado e escutaram música e depois de um tempo Nadia tentou de novo fazer sexo com Saeed, não tanto porque estava com tesão, mas porque desejava cauterizar na memória o incidente em frente ao banco, e Saeed se refreou outra vez, embora tenham proporcionado prazer um ao outro, e voltou a dizer a ela que não deveriam fazer sexo antes de casar, e que agir de outro modo iria contra suas convicções, mas só quando ele sugeriu que ela fosse morar com ele e seus pais Nadia compreendeu que as palavras dele tinham sido uma espécie de pedido de casamento.

Acariciou a cabeça dele, repousada sobre seu peito, e perguntou: "Está dizendo que quer se casar?".

"Sim."

"Comigo?"

"Com qualquer pessoa, na verdade."

Ela bufou.

"Sim", ele disse, erguendo-se e olhando para ela. "Com você."

Ela não disse nada.

"O que você acha?", ele perguntou.

Ela sentiu brotar dentro de si uma enorme ternura por ele naquele momento, enquanto ele esperava uma resposta, e sentiu também um terror galopante, e além disso uma coisa muito mais complicada, uma coisa que a abalou por ser aparentada ao ressentimento.

"Não sei", ela disse.

Ele a beijou. "O.k.", respondeu.

Quando ele estava saindo, ela anotou os dados do trabalho dele e ele anotou os dela, e ela lhe deu um manto preto para vestir e disse que ele não precisava se dar ao trabalho de deixá-lo no vão entre o prédio dela e o vizinho, onde ele costumava esconder os mantos com os quais saía vestido para ela recolher depois, mas em vez disso podia levá-lo consigo, e lhe deu também um molho de chaves. "Assim minha irmã pode entrar por conta própria da próxima vez, caso chegue antes de mim", explicou.

E ambos sorriram marotamente.

Mas, depois que ele saiu, ela ouviu os estrondos de destruição por uma artilharia distante, o desmantelamento de edifícios, com a retomada dos combates de larga escala em algum lugar, e ficou preocupada por ele em sua viagem de carro de volta para casa, e pensou no absurdo da situação de ter que esperar até chegar ao trabalho no dia seguinte para saber se ele tinha conseguido atravessar são e salvo a distância até sua casa.

Nadia trancou a porta com cadeado e empurrou diligentemente o sofá contra ela, de modo a guarnecê-la por dentro com uma barricada.

Naquela noite, num apartamento de cobertura não muito diferente do de Nadia, num bairro não muito distante do seu, um homem valente estava de pé envolto pelo facho de luz produzido por seu celular; esperava. Podia ouvir, de quando em quando, as mesmas detonações que Nadia ouvia, só que mais alto. Aquilo fazia estremecer as vidraças de seu apartamento, mas de modo suave, sem risco algum, por enquanto, de quebrá-las. O homem valente não tinha relógio de pulso, nem lanterna, de modo que seu telefone sem sinal servia para ambas as funções, e ele vestia uma pesada jaqueta de inverno e no interior da jaqueta havia uma pistola e uma faca com uma lâmina do tamanho da sua mão.

Outro homem começara a emergir de uma porta negra no outro lado do cômodo, uma porta que era negra mesmo na penumbra, negra a despeito do facho de luz do celular, e este segundo homem, o homem valente observava de seu posto junto à porta da frente, mas não fazia visivelmente nada para ajudar. O homem valente se limitava a prestar atenção aos sons vindos das escadas do lado de fora, e também a uma ausência de som nas escadas do lado de fora, e mantinha-se em seu posto e segurava seu telefone e apalpava a pistola dentro do bolso da jaqueta, observando sem fazer ruído algum.

O homem valente estava exaltado, embora fosse difícil perceber isso na escuridão e na inexpressividade habitual de seu rosto. Estava pronto para morrer, mas não era esse seu plano; planejava viver e planejava fazer coisas grandiosas enquanto vivesse.

O segundo homem, estendido no chão, cobria os olhos para se proteger da luz e juntava forças, tendo a seu lado um fuzil automático russo de fabricação pirata. Não podia distinguir quem estava na porta da frente, apenas sabia que havia alguém ali.

O homem valente seguia plantado com a mão na pistola, à escuta, à escuta.

O segundo homem se pôs de pé.

O homem valente acenou com a luz de seu celular, puxando em sua direção o segundo homem, como um peixe-pescador faria nas profundezas escuras do mar, e, quando o segundo homem estava perto o bastante para ser tocado, o homem valente abriu a porta da frente do apartamento, e o segundo homem saiu por ela para a quietude das escadas. E então o homem valente fechou a porta e voltou a ficar imóvel, à espera do que viesse.

O segundo homem engajou-se na luta em menos de uma hora, em meio a muitos outros, e as batalhas que agora começavam e persistiam sem interrupção significativa eram mais ferozes e menos desiguais do que tinham sido antes.

A guerra na cidade de Saeed e Nadia revelava-se uma experiência íntima, combatentes quase corpo a corpo, fronts traçados nas ruas que as pessoas percorriam para ir ao trabalho, na escola que a irmã de alguém frequentava, na casa da melhor amiga da tia, na loja onde alguém comprava cigarros. A mãe de Saeed julgava ter visto um antigo aluno seu disparando com muito afinco e concentração uma metralhadora montada na carroceria de uma caminhonete. Ela olhou para ele, ele olhou de volta e não se virou para atirar nela, e por isso ela suspeitou que se tratasse dele, embora o pai de Saeed dissesse que aquilo não significava nada, exceto que o homem queria atirar em outra direção. Ela se lembrava do rapaz como alguém tímido, com uma gagueira e uma mente ágil para a matemática, um bom rapaz, mas não conseguia lembrar seu nome. Especulava se era ele mesmo e se iria se sentir alarmada ou aliviada caso fosse. Se os militantes vencessem, ela supunha que talvez não fosse totalmente ruim conhecer gente do lado deles.

Bairros inteiros caíam sob o poder dos militantes numa sucessão espantosamente rápida, de modo que o mapa mental que a mãe de Saeed possuía do lugar onde ela passara a vida toda parecia agora uma velha colcha, com retalhos de territórios do governo e retalhos de territórios dos militantes. As costuras esfiapadas entre os retalhos eram os espaços mais mortais, que se devia evitar a todo custo. Seu açougueiro e o homem que tingia os tecidos que ela usava noutros tempos para fazer suas roupas festivas desapareceram, seus locais de trabalho foram despedaçados e cobertos de entulho e vidro.

As pessoas desapareciam naqueles dias, e na maior parte das vezes não era possível saber, ao menos por um tempo, se estavam vivas ou mortas. Nadia passou uma vez de propósito pela casa da família, não para falar com seus parentes, apenas para ver de fora se eles estavam lá e se estavam bem, mas o lar que ela havia abandonado parecia deserto, sem qualquer sinal de habitantes ou de vida. Quando ela passou de novo por lá, o lugar já não existia, estava irreconhecível, o edifício destroçado por uma bomba que pesava tanto quanto um carro compacto. Nadia nunca teria condições de saber ao certo o que havia sido feito deles, mas manteria para sempre a esperança de que tivessem encontrado um jeito de sair ilesos, abandonando a cidade às depredações por parte de combatentes de ambos os lados que pareciam contentes em arrasar para tomar posse.

Ela e Saeed tiveram a sorte de suas casas ficarem em setores controlados por um tempo pelo governo, e com isso foram poupados de muitos dos piores combates e também dos ataques aéreos punitivos que o Exército realizava em localidades julgadas não apenas ocupadas pelo inimigo, mas desleais.

O chefe de Saeed tinha lágrimas nos olhos ao anunciar a seus empregados que era obrigado a fechar a firma, pedindo desculpas por deixá-los na mão e prometendo que haveria emprego para todos eles quando as coisas melhorassem e a agência tivesse condições de reabrir. Mostrava-se tão arrasado que aqueles que estavam recebendo seus derradeiros salários tinham a impressão de que na verdade eram eles que o consolavam. Todos concordavam que ele era um homem correto e atencioso, o que era até aflitivo, pois aqueles não eram tempos para homens assim.

Na empresa de Nadia o departamento pessoal parou de pagar os salários e em poucos dias todos pararam de comparecer ao trabalho. Não houve despedidas formais, ou pelo menos nenhuma de que ela tenha participado, e, uma vez que os seguranças foram os primeiros a desaparecer, começou uma espécie de pilhagem discreta, ou pagamento em equipamentos, e as pessoas levavam para casa o que pudessem carregar. Nadia apanhou dois laptops, com capa e tudo, e a TV de tela plana do seu andar, mas no final não levou a TV porque seria difícil carregá-la na moto, então acabou passando-a a um colega de rosto melancólico que lhe agradeceu educadamente.

O relacionamento das pessoas com as janelas se modificara agora na cidade. Uma janela era a fronteira através da qual a morte tinha mais probabilidade de chegar. As janelas não tinham como barrar nem mesmo a mais leve rajada de balas: qualquer ponto do interior que pudesse ser visto do lado de fora era um ponto em potencial na linha de fogo. Além disso, uma vidraça podia, ela própria, virar facilmente um conjunto de estilhaços, produzidos por uma detonação próxima, e todo mundo tinha ouvido falar de alguém que sangrara até morrer depois de ser rasgado por um caco de vidro voador.

Muitas vidraças já estavam quebradas, e o mais prudente teria sido remover as que restavam, mas era inverno e as noites eram gélidas, e na falta de gás e eletricidade, ambos supridos cada vez mais escassamente, as janelas serviam para amenizar um pouco o frio cortante, de modo que as pessoas acabaram por deixá-las no lugar.

Saeed e sua família, em vez disso, reorganizaram sua mobília. Colocaram pesadas estantes cheias de livros diante das janelas dos quartos de dormir, bloqueando a visão da vidraça, mas permitindo que a luz entrasse no ambiente pelas bordas dos móveis, e encostaram a cama de Saeed, erguida na vertical, com colchão e tudo, nas altas vidraças da sala de estar, de tal maneira que o pé da cama se apoiava no batente superior. Saeed dormia sobre três tapetes estendidos no chão, o que, segundo dizia aos pais, era bom para a sua coluna.

Nadia vedou a parte interna das janelas com fita adesiva bege, do tipo usado normalmente para lacrar caixas de papelão, e prendeu nelas sacos de lixo reforçados, pregando-os nos caixilhos de madeira. Quando dispunha de eletricidade suficiente para carregar a bateria de reserva, ela ficava por ali ouvindo seus discos à luz de uma única lâmpada nua, abafando um pouco com sua música os sons ásperos dos combates, e então passava os olhos pelas janelas e pensava que elas até que lembravam negras e amorfas obras de arte contemporânea.

O efeito das portas sobre as pessoas também se alterou. Tinham começado a circular rumores sobre portais que podiam levar o sujeito a outro lugar, em geral a lugares distantes, muito afastados daquele país convertido em armadilha mortal. Algumas pessoas alegavam conhecer gente que conhecia gente que tinha atravessado tais portais. Uma porta normal, diziam, podia tornar-se uma porta especial, e isso podia acontecer sem aviso, com qualquer porta. A maioria das pessoas julgava esses rumores um disparate, superstição de gente parva. Mas ainda assim muita gente começou a encarar suas próprias portas de modo ligeiramente diferente.

Também Nadia e Saeed discutiam esses rumores e os rejeitavam. Mas a cada manhã, ao acordar, Nadia olhava atentamente para sua porta da frente, e para as portas do banheiro, do closet e do terraço. A cada manhã, em seu quarto, Saeed fazia o mesmo. Todas as portas deles seguiam sendo simples portas, comutadores no fluxo entre lugares adjacentes, binariamente abertos ou fechados, mas cada uma daquelas portas, encarada assim com um toque de possibilidade irracional, tornava-se parcialmente animada também, um objeto com um poder sutil de zombar, de zombar dos desejos dos que queriam partir para longe, sussurrando em silêncio de seus batentes que tais sonhos eram sonhos de insensatos.

Sem trabalho não havia impedimento algum para que Saeed e Nadia se encontrassem durante o dia, exceto pelos combates, mas estes eram um impedimento bem sério. Os poucos canais locais que continuavam no ar diziam que a guerra caminhava para o fim, mas os internacionais diziam que ela estava terrível, o que aumentava o fluxo sem precedentes de migrantes que atingia os países ricos, que por sua vez estavam construindo muros e cercas para reforçar suas fronteiras, mas aparentemente com resultado insatisfatório. Os militantes tinham sua própria estação pirata de rádio, apresentada por uma locutora de voz suave e desconcertantemente sexy, que falava devagar e de maneira ponderada, afirmando num ritmo cadenciado mas quase de rap que a queda da cidade era iminente. Qualquer que fosse a verdade, estar fora de casa era arriscado, de modo que Saeed e Nadia se encontravam no apartamento dela em geral.

Saeed pediu mais uma vez para ela morar com ele e com a sua família, dizendo-lhe que poderia explicar as coisas a seus pais, e que ela ficaria com o quarto dele, que por sua vez passaria a dormir na sala, e não precisariam casar, podiam apenas, por respeito aos pais dele, permanecer castos dentro da casa, e seria mais seguro para ela, pois não era um bom momento para uma pessoa ficar sozinha. Acrescentou que especialmente para uma mulher não era seguro ficar só, mas ela já sabia que ele pensava isso e que era verdade, mesmo recusando sua sugestão. Ele percebeu que o assunto a perturbava, assim não voltou a falar mais a respeito, mas a oferta permanecia, e ela pensava no assunto.

Nadia estava, ela própria, começando a reconhecer que aquela não era mais uma cidade em que se podia lidar com os riscos impostos a uma mulher jovem vivendo por conta própria, e se preocupava também com Saeed cada vez que ele cruzava de carro a cidade para se encontrar com ela. Mas uma parte dela ainda resistia à ideia de ir morar com ele, ou aliás com qualquer outra pessoa, depois de ter enfrentado grandes dificuldades para sair de casa e de ter se apegado muito a seu pequeno apartamento, à vida, embora frequentemente solitária, que construíra ali, e também considerava um tanto bizarra a ideia de viver como uma casta meio amante, meio-irmã de Saeed, em íntima proximidade com os pais dele, e talvez tivesse esperado muito mais tempo se a mãe de Saeed não tivesse sido assassinada por uma bala perdida de grosso calibre que atravessou o para-brisa do carro da família e levou consigo um quarto da cabeça da mãe dele, não enquanto ela dirigia, pois já não vinha dirigindo havia meses, mas no momento em que estava procurando um brinco que julgava ter perdido ali dentro, e Nadia, ao ver o estado em que Saeed e o pai ficaram quando foi ao apartamento deles pela primeira vez, no dia do funeral, passou aquela noite com eles para oferecer todo o consolo e ajuda a seu alcance e não voltou a ficar mais nem uma noite em seu próprio apartamento.

Cinco

Os velórios eram eventos menores e mais apressados naqueles tempos, por causa dos combates. Algumas famílias não tinham outra escolha senão enterrar seus mortos no quintal ou na margem protegida de uma estrada, por impossibilidade de chegar a um cemitério adequado, e tais sepulturas improvisadas cresceram, com um defunto atraindo outros, mais ou menos como a chegada de um invasor a um terreno público baldio pode dar origem a uma favela inteira.

Era costume que um lar que tivesse sofrido uma perda se enchesse de parentes e de amigos solidários por muitos dias, mas essa prática estava momentaneamente limitada pelos perigos envolvidos num deslocamento através da cidade, e, ainda que algumas pessoas tenham ido visitar Saeed e seu pai, a maioria chegou furtivamente e não pôde ficar muito tempo. Não era o tipo de ocasião apropriada para perguntar qual era precisamente a relação de Nadia com o marido e com o filho da falecida, por isso ninguém o fez, mas alguns indagavam com os olhares, e seus olhos seguiam os movimentos de Nadia pelo apartamento em seu manto negro, servindo chá, biscoitos e água, e sem rezar, embora não recusasse ostensivamente a oração, mas como se estivesse ocupada demais cuidando das necessidades terrenas das pessoas e pudesse rezar depois.

Saeed rezou um bocado, bem como seu pai, bem como as visitas, e alguns choraram, mas Saeed só tinha chorado uma vez, ao ver pela primeira vez o cadáver de sua mãe e gritar, e o pai de Saeed chorava apenas quando estava sozinho em seu quarto, em silêncio, sem lágrimas, o corpo como que tomado por uma gagueira, ou um tremor, que não cessava, pois seu sentimento de perda não tinha limites, e seu sentimento da benevolência do universo estava abalado, e sua esposa tinha sido sua melhor amiga.

Nadia chamava de "pai" o pai de Saeed e este a chamava de "filha". Isso começou logo que se conheceram, os termos pareceram apropriados tanto para ela como para ele, e eram formas aceitáveis de tratamento entre os jovens e os velhos, mesmo quando não aparentados, e fosse como fosse Nadia já ao primeiro olhar sentira o pai de Saeed como um pai, pois ele era muito gentil, e provocava nela um carinho protetor, como que por um filho, ou por um cachorrinho de estimação, ou por uma lembrança linda que a pessoa sabe que já começou a desbotar.

Nadia dormia no que havia sido o quarto de Saeed, sobre uma pilha de tapetes e de cobertores no chão, tendo recusado a oferta do pai de Saeed de ceder-lhe sua cama, e Saeed dormia sobre uma pilha similar, mas mais fina, na sala de estar, e o pai de Saeed dormia sozinho em seu quarto, um quarto onde tinha dormido a maior parte da sua vida, mas onde não se lembrava da última vez que dormira sozinho, e por essa razão ele já não lhe era completamente familiar.

O pai de Saeed encontrava a cada dia objetos que tinham

pertencido a sua esposa, e isso arrastava sua consciência para fora daquilo a que os outros se referiam como o presente, uma fotografia ou um brinco ou um xale usado em determinada ocasião, e Nadia encontrava a cada dia objetos que a levavam ao passado de Saeed, um livro ou uma coleção de discos ou um adesivo no interior de uma gaveta, e evocavam emoções de sua própria infância, e espinhosas reflexões sobre o destino de seus pais e sua irmã, e Saeed, por sua vez, estava habitando um cômodo que havia sido seu apenas por pouco tempo, anos atrás, quando parentes de longe ou do estrangeiro costumavam chegar de visita, e estar instalado ali de novo evocava-lhe ecos de uma época melhor, e assim de inúmeras maneiras aquelas três pessoas que compartilhavam aquele apartamento faziam transbordar e se misturar múltiplas torrentes de tempo.

O bairro de Saeed tinha caído em poder dos militantes, e os combates de pequena escala tinham diminuído nas proximidades, mas grandes bombas continuavam caindo do céu e explodindo com uma força assombrosa que fazia lembrar a força da própria natureza. Saeed era grato pela presença de Nadia, pelo modo como ela alterava os silêncios que desciam sobre o apartamento, não necessariamente enchendo-os de palavras, mas tornando-os menos desolados em sua mudez. E era grato também pelo efeito dela sobre seu pai, cuja cortesia, ao se lembrar de que estava na companhia de uma moça, sacudia-o do que de outro modo seriam intermináveis devaneios nostálgicos e trazia sua atenção momentaneamente de volta ao aqui e agora. Saeed gostaria que Nadia tivesse conhecido sua mãe, e que sua mãe a tivesse conhecido.

Às vezes, quando o pai de Saeed já tinha ido dormir, Saeed e Nadia se sentavam lado a lado na sala de estar, apertados um contra o outro em busca de conexão e afeto, talvez de mãos dadas, quando muito trocando um beijo no rosto como despedida antes de dormir, e muitas vezes ficavam em silêncio, mas muitas vezes conversavam em voz baixa, sobre como escapar da cidade, ou sobre os rumores sem fim acerca dos portais, ou sobre ninharias: a cor exata da geladeira, o estado cada vez mais deplorável da escova de dentes de Saeed, o volume do ronco de Nadia quando estava resfriada.

Uma noite estavam aconchegados um ao outro dessa maneira, debaixo de um cobertor, à luz bruxuleante de uma lâmpada de querosene, pois não havia mais rede elétrica naquela região da cidade, nem gás e água encanados, uma vez que os serviços municipais tinham entrado totalmente em colapso, e Saeed disse: "Parece natural ter você aqui".

"Para mim também", respondeu Nadia, com o rosto pousado no ombro dele.

"O fim do mundo pode ser aconchegante às vezes."

Ela riu. "Sim. Como uma caverna."

"Você até cheira um pouco como um homem das cavernas", ela acrescentou depois.

Olhou para ele e sentiu o próprio corpo se retesar, mas resistiu ao impulso de acariciar.

Quando ficaram sabendo que o bairro de Nadia também caíra em poder dos militantes, e que as ruas entre as duas áreas estavam relativamente pacíficas, Saeed e Nadia voltaram ao apartamento dela para recolher algumas coisas. O prédio de Nadia tinha sido danificado, e partes da parede da fachada haviam desmoronado. A loja de baterias e equipamentos elétricos no térreo tinha sido saqueada, mas a porta de metal que dava para a escada não tinha sido arrombada, e a estrutura geral parecia mais ou menos sólida — precisando de reparos substanciais, decerto, mas não à beira do desmoronamento.

Os sacos plásticos de lixo que cobriam as janelas de Nadia ainda estavam no lugar, com exceção de um que, assim como o próprio vidro, tinha sido destruído, e onde antes havia a janela agora era visível uma nesga de céu azul, excepcionalmente claro e gracioso, salvo por uma fina coluna de fumaça erguendo-se em algum lugar à distância. Nadia apanhou seu toca-discos e discos e comida, e seu limoeiro ressecado mas possivelmente ressuscitável, e também algumas cédulas de dinheiro e moedas de ouro, que ela deixara escondidas no vaso de cerâmica, debaixo da terra. Esses itens ela e Saeed transportaram no banco traseiro do carro da família dele, com os galhos do limoeiro saindo por um vidro abaixado. Ela não retirou o dinheiro e as moedas do vaso, para o caso de serem revistados numa barreira dos militantes no caminho, o que acabou acontecendo, mas os combatentes que os pararam pareciam exaustos e chapados e aceitaram alimentos enlatados como pagamento para passar.

Quando chegaram em casa, o pai de Saeed viu o limoeiro e sorriu, aparentemente pela primeira vez em muitos dias. Juntos, os três o colocaram no terraço, mas às pressas, porque um bando de homens armados de aspecto imigrante começara a se reunir na rua abaixo, discutindo numa língua que eles não entendiam.

Nadia manteve seu toca-discos e seus discos fora de vista no quarto de Saeed, mesmo depois que o período costumeiro de luto pela mãe de Saeed terminou, porque a música estava proibida pelos militantes, e o apartamento deles podia ser revistado sem aviso, na verdade já tinha sido uma vez, com militantes batendo com força na porta no meio da noite, e em todo caso, mesmo que ela tivesse desejado tocar um disco, não havia eletricidade, nem o suficiente para carregar as baterias de reserva do apartamento.

Na noite em que vieram, os militantes estavam à procura de pessoas de determinada seita e quiseram ver carteiras de identidade, para checar que tipo de nomes todos tinham, mas felizmente para Saeed, seu pai e Nadia seus nomes não eram associados à seita que estava sendo perseguida. Os vizinhos do andar de cima não tiveram a mesma sorte: o marido foi subjugado e cortaram-lhe o pescoço, a esposa e a filha foram levadas à força.

O sangue do vizinho morto penetrou por uma fresta no chão, aparecendo como uma mancha no canto superior da sala de estar de Saeed, e Saeed e Nadia, que tinham ouvido os gritos da família, subiram para recolhê-lo e enterrá-lo, tão logo juntaram coragem, mas o corpo tinha sumido, presumivelmente levado por seus algozes, e seu sangue já estava bem seco, uma mancha como uma poça pintada no apartamento, uma trilha irregular nas escadas.

Na noite seguinte, ou talvez duas noites depois, Saeed entrou no quarto de Nadia e eles foram incastos pela primeira vez. Uma combinação de horror e desejo estimulou-o a voltar depois todas as noites, apesar de sua resolução anterior de não fazerem nada que fosse desrespeitoso a seus pais, e eles tocavam um ao outro, trocavam carícias e saboreavam-se, sempre parando quando estavam a um triz do sexo, evento sobre o qual ela não insistia mais e que àquela altura eles tinham encontrado uma vasta gama de maneiras de evitar. A mãe dele já não estava ali, e o pai parecia não se preocupar com tais assuntos românticos, de modo que eles seguiam agindo em segredo, e o fato de amantes não casados, como eles, agora punidos exemplarmente com a morte, conferir a cada encontro íntimo uma urgência lancinante e meio aterradora que às vezes fazia fronteira com uma estranha espécie de êxtase.

À medida que os militantes foram se apossando da cidade, extinguindo os últimos grandes bastiões de resistência, baixou uma calma parcial, rompida pelas atividades de drones e aeronaves que lançavam bombas do céu, essas máquinas conectadas em rede, em grande parte invisíveis, e pelas execuções públicas e privadas que agora ocorriam quase continuamente, corpos pendurados em postes e em outdoors como uma forma de decoração festiva sazonal. As execuções se deslocavam em ondas, e, uma vez que um bairro tivesse sido expurgado, podia-se esperar certa trégua, até que alguém cometesse algum tipo de infração, porque as infrações, embora definidas de modo um tanto aleatório, eram invariavelmente punidas sem misericórdia.

O pai de Saeed ia todos os dias à casa de um primo que era como um irmão mais velho para o pai de Saeed e seus irmãos e irmãs sobreviventes, e ali ele se sentava com os velhos e as velhas e tomava chá e café e discutia o passado, e todos eles conheciam bem a mãe de Saeed e tinham histórias a contar nas quais ela aparecia com destaque, e enquanto estava com eles o pai de Saeed sentia, não como se sua esposa estivesse viva, pois a magnitude da sua morte oprimia-o a cada manhã, mas ao menos que ele podia compartilhar uma pequena medida da companhia dela.

O pai de Saeed demorava-se junto ao túmulo dela a cada entardecer, no caminho de volta para casa. Uma vez, quando estava postado ali, viu alguns meninos jogando futebol e isso o alegrou, trazendo-lhe a lembrança de sua própria habilidade no esporte quando tinha a idade deles, mas então percebeu que não eram meninos, e sim adolescentes, rapazes, e não estavam jogando com uma bola, mas com a cabeça cortada de um bode, e pensou, bárbaros, mas aí se deu conta de que aquela não era a cabeça de um bode, e sim a de um ser humano, com cabelo e barba, e quis acreditar que estava enganado, que a luz declinava e seus olhos lhe pregavam uma peça, e foi isso que disse a si mesmo, tentando não olhar de novo, mas alguma coisa na expressão deles não lhe deixava muita dúvida sobre a verdade.

Enquanto isso, Saeed e Nadia vinham se dedicando obsessivamente a encontrar um meio de sair da cidade, e, já que as rotas terrestres eram consideradas perigosas demais, isso significava investigar a possibilidade de conseguir passagem através dos portais, nos quais muita gente agora parecia acreditar, especialmente depois que qualquer tentativa de usar uma ou manter sua existência em segredo tinha sido proclamada como delito punível, de modo habitual e pouco imaginativo, com a morte, e também porque as pessoas que possuíam rádios de ondas curtas alegavam que mesmo as emissoras internacionais mais respeitáveis tinham reconhecido que os portais existiam, e que até estavam sendo discutidos por líderes mundiais como uma grande crise global.

Seguindo uma dica de um amigo, Saeed e Nadia partiram a pé ao anoitecer. Estavam vestidos de acordo com as regras de vestuário, e ele estava barbado de acordo com as regras sobre barbas, e o cabelo dela estava escondido de acordo com as regras sobre cabelos, mas mantinham-se nas margens das estradas, nas sombras sempre que possível, tentando não ser vistos e ao mesmo tempo tentando não dar a impressão de que tentavam não ser vistos. Passaram por um corpo pendurado no ar e só quando o vento mudou de direção sentiram seu cheiro quase insuportável.

Por causa dos robôs voadores lá no alto do céu cada vez mais escuro, invisíveis mas nunca distantes do pensamento das pessoas naqueles dias, Saeed caminhava dobrado numa leve corcunda, como que encolhido diante da ideia da bomba ou míssil que um deles pudesse lançar a qualquer momento. Em contraste, por não querer parecer culpada, Nadia caminhava ereta, de maneira que, se fossem parados numa barreira e tivessem seus documentos verificados e se constatasse que eles não a registravam como esposa dele, ela seria mais convincente quando levasse os investigadores até sua casa e apresentasse a eles a falsificação que era supostamente sua certidão de casamento.

O homem que estavam procurando qualificava a si próprio de agente, embora não estivesse claro se isso se devia a sua especialização em viagens ou a suas operações secretas ou a alguma outra razão, e deviam encontrá-lo na escuridão labiríntica de um shopping center incendiado, uma ruína com inúmeras saídas e esconderijos, o que fez Saeed lamentar não ter insistido para que Nadia não o acompanhasse e fez Nadia lamentar não terem levado uma lanterna ou, na falta dela, uma faca. Ficaram ali parados, sem conseguir enxergar muita coisa, e esperaram com crescente inquietação.

Não ouviram a aproximação do agente — ou talvez ele tivesse estado ali o tempo todo — e se assustaram com sua voz logo atrás deles. O agente falava manso, quase com doçura, seu sussurro fazendo pensar num poeta ou num psicopata. Instruiu-os a ficar imóveis, a não se virar. Disse a Nadia para descobrir a cabeça, e, quando ela perguntou por quê, disse que não era um pedido.

Nadia tinha a sensação de que ele estava extremamente perto dela, como se estivesse a ponto de tocar seu pescoço, mas não ouvia sua respiração. Havia um leve som à distância, e ela e Saeed se deram conta de que o agente talvez não estivesse sozinho. Saeed perguntou onde era o portal e para onde ele levava, e o agente respondeu que os portais estavam em toda parte, mas encontrar um que os militantes ainda não tinham descoberto, um portal ainda não vigiado, essa era a questão, e podia demorar um tempo. O agente cobrou o dinheiro deles e Saeed o entregou, sem saber se estavam fazendo um pagamento ou sendo roubados.

Ao voltar apressados para casa, Saeed e Nadia contemplaram o céu noturno, a intensidade das estrelas e o brilho bexiguento da lua na ausência de luz elétrica e na poluição reduzida pela falta de combustível e portanto pelo tráfego escasso, e ficaram se perguntando para onde poderia levá-los o portal ao qual eles compraram acesso, para algum lugar nas montanhas ou na planície ou no litoral, e então viram estendido na rua um homem macilento que acabara de morrer, por fome ou por doença, pois não parecia ferido, e no apartamento eles contaram ao pai de Saeed a notícia potencialmente boa, mas em resposta ele ficou estranhamente em silêncio, e eles esperaram que ele dissesse alguma coisa, e no final tudo o que ele disse foi: "Vamos ter esperança".

À medida que passavam os dias, e Saeed e Nadia não tinham mais notícia do agente, e se perguntavam se um dia voltariam a ter; em outras partes outras famílias estavam de partida. Uma dessas famílias — mãe, pai, filha, filho — emergiu da escuridão absoluta de uma porta interna de serviço. Estavam no fundo de um vasto subsolo, embaixo de um conjunto de torres de aço e vidro recheadas de apartamentos de luxo batizados coletivamente, por seu incorporador, de Jumeirah Beach Residence. Por uma câmera de segurança a família podia ser vista piscando muito sob a estéril luz artificial e recompondo-se da travessia. Cada um deles tinha uma constituição delgada, postura ereta e pele escura, e, apesar de carecer de som, a imagem tinha uma resolução boa o suficiente para que um software de leitura labial pudesse identificar sua língua como tâmil.

Depois de um breve intervalo, a família foi captada de novo por uma segunda câmera, atravessando um corredor e empurrando as barras horizontais que guarneciam um pesado jogo de portas corta-fogo duplas, e quando essas portas se abriram o brilho intenso do sol de deserto de Dubai cegou a sensibilidade do sensor de imagem e as quatro figuras pareceram se tornar mais diluídas, imateriais, perdidas numa aura de brancura, mas foram nesse momento captadas simultaneamente por três câmeras externas de segurança, personagens minúsculos cambaleando por uma calçada larga, um calçadão, ao longo de um boulevard de mão única pelo qual trafegavam devagar dois automóveis caros de dois lugares, um amarelo, outro vermelho, o ronco da rotação de seus motores tornado indiretamente visível pelo modo como assustou a menina e o menino.

Os pais seguravam os filhos pela mão e pareciam perdidos quanto à direção a tomar. Talvez fossem de um aldeia litorânea, e não de uma cidade grande, pois se deslocaram em direção ao mar, afastando-se dos edifícios, e puderam ser vistos de múltiplos ângulos seguindo um caminho ajardinado por entre a areia, os pais cochichando um com o outro de vez em quando, os filhos espiando os turistas predominantemente pálidos estendidos sobre toalhas e cadeiras de praia num estado de nudez quase completa — mas em número bem menor que o normal para a alta estação invernal, embora as crianças não tivessem como saber disso.

Um pequeno drone de quatro rotores pairava agora cinquenta metros acima deles, silencioso demais para ser ouvido, e transmitindo suas imagens para uma estação central de monitoramento e também para dois veículos de segurança diferentes, um deles um sedã sem identificação, o outro uma van com um emblema oficial guarnecida de grades nas janelas, e deste último veículo uma dupla de homens uniformizados emergiu e caminhou com precisão, mas sem uma pressa inconveniente que despertasse alarme entre os turistas, ao longo de uma trajetória que interceptaria a da família de língua tâmil dentro de um minuto mais ou menos.

Durante esse minuto, a família esteve visível também no dispositivo fotográfico dos celulares de vários turistas, e eles não pareciam muito uma unidade coesa, mas quatro indivíduos díspares, cada um agindo de um modo diferente, a mãe fazendo o tempo todo contato visual com as mulheres por quem passava e imediatamente baixando os olhos em seguida, o pai apalpando os bolsos e a parte de baixo da mochila como se verificasse a existência de possíveis rasgos ou fendas, a filha fitando de olhos arregalados os paraquedistas que pareciam se arremessar contra um píer próximo mas desviavam no último momento para pousar com uma corridinha, o filho testando a cada passo a superfície emborrachada, propícia ao jogging, que seus pés tocavam, e então o minuto terminou e eles foram interceptados e levados dali, aparentemente estupefatos, ou intimidados, pois ergueram as mãos e não resistiram, nem se espalharam nem saíram correndo.

Por sua vez, Saeed e Nadia desfrutavam de certo grau de isolamento em relação à vigilância remota quando estavam dentro de casa, devido à falta de eletricidade, mas mesmo assim sua casa podia ser revistada sem aviso prévio por homens armados, e evidentemente logo que pisavam na rua eles podiam ser vistos pelas lentes que perscrutavam a cidade do alto dos céus e do espaço sideral, e pelos olhos de militantes e informantes, que podia ser qualquer um, podia ser todo mundo.

Uma função antes privada que eles agora tinham que desempenhar em público era o esvaziamento dos intestinos, pois sem água encanada os banheiros no prédio de Saeed e Nadia não funcionavam mais. Os moradores tiveram que cavar duas valas profundas no pequeno pátio dos fundos, uma para homens e a outra para mulheres, separadas por um grosso lençol pendurado num varal, e era ali que todos eles tinham que ficar de cócoras para se aliviar, sob as nuvens, ignorando o fedor, de cara virada para o chão de modo que, mesmo que o ato pudesse ser visto, a identidade do ator poderia ser mantida mais ou menos em segredo.

O limoeiro de Nadia não se recuperou, apesar de constantemente regado, e jazia inerte no terraço, com umas poucas folhas secas agarradas a ele.

Poderia parecer surpreendente que, mesmo em tais circunstâncias, as atitudes de Saeed e Nadia quanto à busca de uma saída não fossem inteiramente decididas. Saeed queria desesperadamente deixar sua cidade, em certo sentido sempre quisera, mas em sua imaginação ele pensara que podia deixá-la apenas por um tempo, de modo intermitente, não de uma vez por todas, e aquela potencial partida iminente era outra coisa bem diferente, pois ele duvidava que pudesse retornar, e a separação, para sempre, de sua família ampliada e de seu círculo de amigos e conhecidos parecia-lhe de repente profundamente triste, como algo que significava a perda de um lar, de seu lar, nada menos.

Nadia estava talvez ainda mais febrilmente ansiosa para partir, e sua natureza era tal que a perspectiva de algo novo, de mudança, era em sua essência excitante para ela. Mas era perseguida por preocupações também, que giravam em torno da questão da dependência, preocupações de que partindo para o exterior e deixando seu país, ela e Saeed e o pai de Saeed talvez ficassem à mercê de estranhos, vivendo de esmolas, engaiolados em cubículos feito animais.

Nadia durante muito tempo se sentira, e continuaria posteriormente se sentindo, mais à vontade com todo tipo de movimento em sua vida do que Saeed, em quem o impulso da nostalgia era forte, talvez porque sua infância tivesse sido mais idílica, ou talvez porque fosse esse simplesmente o seu temperamento. Ambos, porém, quaisquer que fossem seus receios, não tinham dúvida de que partiriam assim que tivessem a chance. Sendo assim, nenhum dos dois esperava que, ao chegar uma manhã um bilhete escrito à mão pelo agente, enfiado por debaixo da porta do apartamento deles e dizendo-lhes precisamente onde deveriam estar a determinada hora na tarde seguinte, o pai de Saeed fosse dizer: "Vocês dois precisam ir, mas eu não vou junto".

Saeed e Nadia disseram que aquilo era impossível, e explicaram, para o caso de não ter ficado claro, que não havia problema, que eles tinham pago ao agente por três passageiros que partiriam todos juntos, e o pai de Saeed ouviu mas não cedeu: eles, repetiu, tinham que partir, e ele tinha que ficar. Saeed ameaçou levar o pai nos ombros se fosse preciso, e nunca tinha falado dessa maneira com o pai, e seu pai puxou-o de lado, pois podia ver a dor que estava causando ao filho, e, quando Saeed perguntou-lhe por que estava fazendo aquilo, e o que é que poderia fazê-lo querer ficar, o pai de Saeed respondeu: "Sua mãe está aqui".

Saeed disse: "A mãe já se foi".

Seu pai disse: "Não para mim".

E isso era verdade, de certo modo. Para o pai de Saeed, a mãe de Saeed não tinha partido, não inteiramente, e teria sido difícil para o pai de Saeed deixar o lugar em que passara uma vida com ela, difícil não poder visitar seu túmulo todo dia, e ele não desejava fazer isso, preferia permanecer, em certo sentido, no passado, pois o passado proporcionava mais a ele.

Mas o pai de Saeed estava pensando também no futuro, embora não dissesse isso, pois temia que, se o dissesse, o filho talvez não partisse, e ele sabia acima de tudo que o filho precisava partir, e o que ele não disse foi que havia chegado àquele ponto na vida de um pai em que, se acontece uma inundação, ele precisa largar seu filho, indo contra todos os instintos que tinha quando era mais jovem, porque segurar o filho não mais proporcionaria proteção a este, só o puxaria para baixo, ameaçando a ambos de afogamento, pois agora o filho é mais forte que o pai, e as circunstâncias são tais que o máximo de força é necessário, e o arco da vida de um filho só corresponde por um tempo ao arco da vida de um pai, na verdade um se assenta sobre o outro, um morro em cima de um morro, uma curva em cima de uma curva, e o arco do pai agora precisava descer, enquanto o de seu filho se voltava mais para cima, pois com um velho a estorvá-los aqueles dois jovens simplesmente tinham menos chance de sobreviver.

O pai de Saeed disse ao filho que o amava e que Saeed não devia desobedecer-lhe naquilo, que ele antes não acreditava que pudesse mandar no filho, mas naquele momento estava mandando, pois só a morte esperava Saeed e Nadia naquela cidade, e que um dia, quando as coisas estivessem melhores, Saeed voltaria para ele, e ambos souberam na mesma hora que aquilo não aconteceria, que Saeed não seria capaz de voltar enquanto seu pai ainda vivesse, e de fato, como se saberia mais tarde, Saeed, depois daquela noite que estava apenas começando, não viria nunca mais a passar outra noite com seu pai.

O pai de Saeed chamou, então, Nadia a seu quarto e falou com ela sem Saeed por perto, dizendo que estava entregando a seus cuidados a vida do filho, e que ela, a quem chamava de filha, não devia decepcioná-lo, a quem ela chamava de pai, e que devia ajudar Saeed a escapar com segurança, e que esperava que um dia ela se casasse com seu filho e fosse chamada de mãe por seus netos, mas isso cabia a eles decidir, e tudo o que ele lhe pedia era que permanecesse ao lado de Saeed até que Saeed estivesse fora de perigo, e pediu que ela lhe prometesse isso, e ela disse que só prometeria se o pai de Saeed fosse junto com eles, e ele disse de novo que não podia, mas que eles precisavam partir, disse isso suavemente, como uma oração, e ela ficou lá sentada com ele em silêncio e os minutos se passaram, e no fim ela acabou prometendo, e era uma promessa fácil de fazer porque ela no momento não tinha intenção alguma de deixar Saeed, mas era também uma promessa difícil porque ao fazê-la ela sentia que estava abandonando o velho, e, embora ele tivesse suas irmãs e irmãos e primos, e pudesse agora ir morar com eles ou chamá-los para morar consigo, eles não seriam capazes de protegê-lo como Saeed e Nadia protegiam, e assim, ao fazer a promessa que ele lhe pediu, ela em certo sentido o estava matando, mas era assim que eram as coisas, pois quando migramos matamos em nossa vida aqueles que deixamos para trás.

Seis

Dormiram pouco naquela noite, a da véspera da partida, e pela manhã o pai de Saeed os abraçou e se despediu e saiu andando com os olhos úmidos, mas sem vacilar, achando melhor se afastar dos jovens do que fazer com que se torturassem ao sair pela porta da casa com ele os observando por trás. Não disse onde passaria o dia, e assim Saeed e Nadia viram-se sozinhos, incapazes de localizá-lo depois que ele saiu, e no silêncio da sua ausência Nadia verificou e voltou a verificar as pequenas mochilas que levariam, pequenas porque não queriam despertar suspeitas, mas cada uma delas quase estourando de tão cheia, como uma tartaruga aprisionada num casco apertado demais, e Saeed passou as pontas dos dedos pelos móveis do apartamento e pelo telescópio e pela garrafa com o veleiro dentro, e também dobrou com cuidado uma fotografia de seus pais para guardá-la escondida dentro da roupa, junto com um cartão de memória digital contendo seu álbum de família, e rezou duas vezes.

A caminhada até o ponto de encontro foi interminável, e Saeed e Nadia não andaram de mãos dadas, pois isso era proibido em público entre gêneros, mesmo para um casal ostensivamente casado, mas de vez em quando os nós de seus dedos se tocavam ao lado dos corpos, e esse contato físico esporádico era importante para eles. Sabiam que havia uma possibilidade de o agente tê-los traído, delatando-os aos militantes, e, portanto, sabiam que havia uma possibilidade de que aquela fosse a última tarde da vida deles.

O ponto de encontro era um velho casarão reformado, vizinho a um mercado, e lembrava a Nadia sua antiga casa. No térreo funcionava uma clínica odontológica desprovida havia muito tempo de remédios e anestésicos, e desde o dia anterior desprovida também de um dentista, e na sala de espera da clínica eles tomaram um susto porque um homem que parecia um militante estava ali em pé, com uma metralhadora pendurada no ombro. Mas ele simplesmente apanhou o recibo do pagamento deles e mandou-os sentar, de modo que eles se sentaram naquela sala lotada com um casal apavorado e seus dois filhos em idade escolar, e um rapaz de óculos, e uma mulher mais velha empertigada em seu assento como se fosse de família rica, embora suas roupas estivessem sujas, e a cada poucos minutos alguém era chamado à sala do dentista propriamente dita, e depois que Nadia e Saeed foram chamados eles viram um homem esguio que também parecia um militante, e esgravatava as bordas da narina com uma unha, como se brincasse com um calo, ou dedilhasse um instrumento musical, e quando ele falou, eles ouviram sua voz singularmente suave e souberam de imediato que era o agente que haviam encontrado antes.

A sala era sombria e a cadeira e os instrumentos do dentista lembravam uma câmara de tortura. O agente indicou com a cabeça a escuridão de uma porta que em outros tempos levava a um armário de provisões e disse a Saeed: "Você vai primeiro", mas Saeed, que até então pensara em ir na frente, para se assegurar de que era seguro para Nadia segui-lo, agora mudou de ideia, julgando que possivelmente era mais perigoso para ela ficar para trás enquanto ele atravessava, e disse: "Não, primeiro vai ela".

O agente encolheu os ombros como se para ele desse na mesma, e Nadia, que não pensara na ordem da partida deles até aquele momento, deu-se conta de que não havia opção boa para nenhum dos dois, de que havia riscos em ambos os casos, indo antes ou indo depois, e não discutiu, mas avançou para a porta, e ao chegar perto espantou-se com sua escuridão, sua opacidade, com o modo como não revelava o que havia do outro lado, e também não refletia o que estava do lado de cá, de modo que parecia igualmente um começo e um fim, e voltou-se para Saeed, que a encarava fixamente, e o rosto dele estava tomado de preocupação e de sofrimento, e ela pegou as mãos dele nas suas e as segurou com força, e então, soltando-as, e sem uma palavra, deu um passo e atravessou para o outro lado.

Dizia-se naqueles dias que a passagem era ao mesmo tempo como morrer e como nascer, e de fato Nadia vivenciou uma espécie de extinção ao entrar na escuridão e também um esforço ofegante ao lutar para sair, e depois sentiu-se fria, dolorida e úmida estendida no chão da sala do outro lado, trêmula e exausta demais no primeiro momento para ficar de pé, e pensou, enquanto fazia um esforço para encher os pulmões, que decerto aquela umidade era seu próprio suor.

Saeed estava emergindo e Nadia rastejou para a frente para lhe dar espaço, e ao fazer isso notou pela primeira vez as pias e espelhos, os ladrilhos do chão, os reservados individuais atrás de si, cujas portas eram todas iguais, menos uma, aquela através da qual ela havia chegado ali, a mesma que Saeed atravessava agora, e que era negra, e compreendeu que estava no banheiro de algum local público, e apurou os ouvidos, mas tudo estava em silêncio, os únicos ruídos emanavam dela própria, da sua respiração, e de Saeed, de seus grunhidos surdos como os de um homem se exercitando ou fazendo sexo.

Abraçaram-se sem se levantar, e ela o acalentou, porque ele ainda estava fraco, e quando se sentiram fortes o bastante, puseram-se de pé, e ela o viu virar-se de novo para a porta, como se desejasse talvez fazer o caminho inverso e regressar através dela, e ela se postou ao lado dele sem dizer nada, e ele ficou imóvel por um momento, mas em seguida caminhou em frente com passos firmes, e eles saíram dali e viram-se entre dois prédios baixos, ouvindo um som como de uma concha encostada no ouvido e sentindo uma brisa fria no rosto e o cheiro da maresia, e viram uma faixa de areia e longas ondas cinza chegando, e aquilo lhes pareceu milagroso, embora não fosse milagre nenhum: eles simplesmente estavam numa praia.

Diante da praia havia um *beach club*, com bares, mesas, grandes caixas de som ao ar livre e espreguiçadeiras empilhadas por ser inverno. Os letreiros estavam escritos em inglês e também em outras línguas europeias. O lugar parecia deserto, e Saeed e Nadia foram até a beira do mar, com as ondas chegando até bem perto de seus pés antes de afundar na areia, deixando na superfície lisa linhas semelhantes àquelas que ficam das bolhas de sabão sopradas por um pai ou uma mãe para um filho. Depois de um momento, um homem de pele muito branca e cabelo castanho-claro saiu do clube e mandou-os circular, fazendo gestos de alguém que enxota, mas sem hostilidade ou excessiva grosseria, e mais como se estivesse conversando num dialeto ou pidgin da língua dos sinais.

Afastaram-se do *beach club* e avistaram ao pé de um morro o que parecia um campo de refugiados, com centenas de barracas e puxadinhos improvisados e gente de muitas cores e matizes — muitas cores e matizes, mas em sua maioria numa faixa de marrom que variava do chocolate escuro ao chá com leite —, e essa gente se reunia em torno de fogos acesos dentro de barris de petróleo e falava numa cacofonia que eram as línguas do mundo, o que talvez uma pessoa ouvisse se estivesse num satélite de comunicações, ou se fosse um perito em espionagem perscrutando um cabo submarino de fibra óptica.

Naquele grupo, todos eram estrangeiros, e assim, em certo sentido, ninguém era. Nadia e Saeed logo encontraram um agrupamento de conterrâneas e conterrâneos e ficaram sabendo que estavam na ilha grega de Míconos, um grande ponto de atração de turistas no verão e, ao que parecia, um grande ponto de atração de migrantes naquele inverno, e que os portais de saída, o que vale dizer os portais para destinos mais ricos, eram fortemente guardados, mas os portais de entrada, os que davam para lugares mais pobres, eram geralmente deixados sem vigilância, talvez na esperança de que as pessoas voltassem para os lugares de onde tinham vindo — embora ninguém jamais tivesse feito isso — ou talvez porque eram simplesmente portais demais, de lugares pobres numerosos demais, para que se pudesse vigiar todos.

O acampamento era, em alguns aspectos, como um posto de comércio numa corrida do ouro de outros tempos, e muita coisa estava à venda ou era oferecida para escambo, de suéteres a telefones celulares, de antibióticos a (discretamente) sexo e drogas, e havia famílias de olho no futuro e gangues de rapazes de olho nos vulneráveis e gente honesta e trapaceiros e aqueles que tinham arriscado a vida para salvar os filhos e aqueles que sabiam estrangular um homem no escuro sem produzir som algum. A ilha era bem segura, segundo lhes disseram, exceto quando não era, o que a tornava igual à maioria dos lugares. As pessoas decentes eram muito mais numerosas que as perigosas, mas era provavelmente melhor ficar no acampamento, perto de outras pessoas, depois que anoitecia.

As primeiras coisas que Saeed e Nadia compraram, com Nadia negociando, foram um pouco de água e comida, um cobertor, uma mochila maior, uma pequena barraca que, dobrada, se reduzia a uma bolsa leve e fácil de carregar, energia elétrica e números locais para seus celulares. Encontraram um pedaço de terra na beira do acampamento, no início do morro, que não era nem rochoso demais nem muito exposto ao vento, e instalaram seu lar temporário ali, e ao fazê-lo Nadia sentiu-se como se estivesse brincando de casinha, como tinha brincado com a irmã quando criança, e Saeed por sua vez sentiu que era um mau filho, e quando Nadia se agachou atrás de um arbusto desordenado e convidou-o a agachar-se também, e ali escondidos ela tentou beijá-lo a céu aberto, ele afastou o rosto com raiva, e em seguida pediu desculpas, e encostou seu rosto no dela, e ela tentou relaxar encostada nele, o rosto contra o rosto barbado dele, mas estava surpresa porque o que julgava ter vislumbrado nele naquele momento era amargura, e ela nunca percebera amargura nele antes, em todos aqueles meses, nem por um segundo, mesmo quando a mãe dele morrera, na ocasião ele ficara entristecido, sim, deprimido, mas não amargo, não como se alguma coisa estivesse corroendo suas entranhas. Ele de fato sempre a impressionara como o oposto da amargura, alguém de sorriso fácil, e sentiu-se agora tranquilizada quando ele segurou sua mão e a beijou, mas estava também um pouco inquieta, porque lhe ocorreu que um Saeed amargo não seria Saeed de jeito nenhum.

Tiraram um cochilo na barraca, exaustos. Quando acordaram, Saeed tentou telefonar para o pai, mas uma mensagem automática informou que sua ligação não pôde ser completada, e

Nadia tentou se conectar com algumas pessoas via aplicativos de mensagens instantâneas e redes sociais, e um conhecido que tinha ido para Auckland e outro que chegara a Madri responderam de imediato.

Nadia e Saeed sentaram-se no chão, próximos um do outro, e colocaram-se em dia com as notícias, com o tumulto no mundo, a situação de seu país, os vários percursos e destinos que os migrantes estavam adotando e recomendando uns aos outros, os macetes que se podia empregar para ter vantagens, os perigos que deviam ser evitados a todo custo.

No final da tarde, Saeed subiu ao topo do morro, e Nadia subiu ao topo do morro, e dali eles contemplaram a ilha e o mar ao redor, e ele ficou ao lado do lugar onde ela ficou, e ela ficou ao lado do lugar onde ele ficou, e o vento jogou os cabelos de ambos para todos os lados, e eles se viraram um na direção do outro, mas não viram um ao outro, pois ela subiu antes dele, e ele subiu depois dela, e cada um deles esteve na crista do morro apenas por um momento e em tempos diferentes.

No instante em que Saeed descia o morro de volta para onde Nadia estava sentada de novo, junto à barraca, uma moça saía da galeria de arte contemporânea onde trabalhava, em Viena. Militantes do país de Saeed e Nadia tinham feito a passagem para Viena na semana anterior, e a cidade havia testemunhado massacres nas ruas, com os militantes disparando contra pessoas desarmadas e desaparecendo em seguida, numa tarde de carnificina como Viena nunca vira antes, bem, pelo menos não desde as guerras do século anterior, e dos séculos antes deste, que foram de uma magnitude maior e completamente diferente, já que Viena, nos anais da história, não esteve de modo algum alheia às guerras, e os militantes tiveram talvez a esperança de provocar uma reação contra migrantes de seu próprio canto do mundo, que vinham desaguando em Viena, e se essa era sua esperança eles então tiveram êxito, pois a moça ouvira falar de um bando que pretendia atacar os migrantes reunidos perto do zoológico, todo mundo estava recebendo mensagens a respeito, e ela planejava se reunir a um cordão humano para separar os dois lados, ou melhor, para proteger os migrantes dos antimigrantes, e estava usando um bóton da paz no capote, e um bóton de arco-íris, e um bóton de compaixão pelo migrante, a porta negra no interior de um coração vermelho, e enquanto esperava para embarcar em seu trem ela pôde perceber que a multidão na estação não era a multidão normal, crianças e velhos pareciam ausentes e também havia muito menos mulheres que o habitual, pois os distúrbios iminentes eram de conhecimento geral, e então era provável que as pessoas estivessem se mantendo afastadas, mas foi só quando ela embarcou no trem e se viu rodeada de homens que se pareciam com seu irmão e seus primos e seu pai e seus tios, só que estavam muito furiosos, realmente irados, e olhavam para ela e seus bótons com indisfarçada hostilidade e o rancor de quem descobriu uma traição, e começaram a gritar com ela, e empurrá-la, foi só então que ela sentiu medo, um terror básico, animal, e pensou que poderia acontecer qualquer coisa, e então chegou a estação seguinte e ela forçou a passagem e desceu do trem, e temeu que a segurassem e a machucassem, mas não, e ela conseguiu sair, e ficou ali parada depois que o trem partiu, e estava tremendo, e refletiu por um momento, e então encheu-se de coragem e começou a andar, e não na direção de seu apartamento, seu adorável apartamento com vista para o rio, mas na outra direção, na direção do zoológico, aonde ela pretendia ir desde o início e aonde ela ainda iria, e tudo isso aconteceu enquanto o sol caía no horizonte, como acontecia também em Míconos, que, apesar de estar ao sul e a leste de Viena, não ficava longe no final das contas, em termos planetários, e, ali em Míconos Saeed, e Nadia estavam lendo sobre os distúrbios que começavam em Viena e as pessoas em pânico oriundas do país deles discutindo on-line como resistir ou fugir.

À noite fez frio, e por isso Saeed e Nadia dormiram completamente vestidos, sem tirar sequer as jaquetas, e bem abraçados, envoltos em seu cobertor, que ficava em cima, em torno e também embaixo deles, proporcionando certo grau de amortecimento contra a dureza do chão irregular. A barraca era pequena demais para que pudessem ficar em pé dentro dela, um pentaedro comprido porém baixo, numa forma semelhante à do prisma triangular de vidro que Saeed tinha quando criança, com o qual costumava refratar a luz do sol em pequenos arco-íris. Ele e Nadia de início se apertaram um contra o outro, abraçados, mas o abraço se torna desconfortável depois de um tempo, especialmente em espaços reduzidos, então acabaram dormindo um de frente para as costas do outro, de conchinha, primeiro com ele se encostando nela por trás, e depois, em algum momento posterior da passagem invisível da lua acima de suas cabeças, giraram o corpo e ela passou a pressionar o corpo contra o dele.

De manhã, quando ele acordou, ela o estava observando e ele acariciou-lhe o cabelo e ela tocou com o dedo os pelos ásperos acima do lábio e a penugem embaixo da orelha dele e ele a beijou e as coisas estavam muito bem entre eles. Recolheram tudo e Saeed saiu carregando a mochila grande e Nadia levou a barraca, e eles permutaram uma de suas mochilas pequenas por uma esteira de ioga na esperança de que ela tornasse seu sono mais confortável.

Sem aviso prévio as pessoas começaram a deixar o acampamento às pressas, e Saeed e Nadia ouviram um rumor de que um novo portal tinha sido encontrado, um portal para a Alemanha, então eles também correram, inicialmente no meio da multidão, mas acelerando sutilmente os passos, de modo que logo estavam mais perto da linha de frente. A multidão enchia a estrada estreita e transbordava para as margens, estendendo-se por muitas centenas de metros de comprimento, e Saeed se perguntava para onde ia toda aquela gente, e então mais à frente viu que estavam se aproximando de um hotel, resort ou coisa que o valha. Ao chegar mais perto ele avistou uma fileira de homens de uniforme bloqueando o caminho, e contou a Nadia, e ambos estavam apavorados, e começaram a diminuir o ritmo e deixar que as pessoas os ultrapassassem, porque tinham visto em sua cidade o que acontece quando tiros são disparados contra uma massa de gente desarmada. Mas no final nenhum tiro foi disparado, os homens uniformizados simplesmente barraram a multidão e fincaram pé em seu território, e umas poucas almas corajosas ou desesperadas ou arrojadas tentaram atravessar, correndo em alta velocidade em uma ou outra das laterais, onde havia frestas na barreira humana, mas esses poucos foram pegos, e depois de mais ou menos uma hora a multidão se dispersou e a maioria das pessoas tomou o rumo de volta para o acampamento.

Os dias se passavam assim, cheios de espera e de falsas esperanças, dias que podiam ter sido dias de enfado, e o foram para muitos, mas Nadia teve a ideia de que eles dois deveriam explorar a ilha como se fossem turistas. Saeed riu e concordou, e aquela era a primeira vez que ele ria desde que tinham chegado ali, e aquilo a enterneceu, e então eles carregaram seus fardos como mochileiros que percorrem trilhas no mato e andaram ao longo das praias e morros acima e à beira dos penhascos, e decidiram que Míconos era de fato um lugar lindo, e entenderam por que as pessoas queriam ir até lá. Às vezes viam grupos de homens mal-encarados e tinham o cuidado de se manter distantes deles, e ao anoitecer sempre tratavam de ir dormir na periferia de algum dos grandes acampamentos de migrantes, que eram muitos, e dos quais qualquer um podia fazer parte, entrando e saindo quando bem entendesse.

Uma vez encontraram um conhecido de Saeed e isso lhes pareceu uma coincidência feliz e quase impossível, como duas folhas arrancadas da mesma árvore por um furacão indo pousar uma em cima da outra longe dali, e o fato alegrou Saeed enormemente. O homem disse que era um contrabandista de pessoas; tinha ajudado gente a fugir da cidade deles e estava fazendo a mesma coisa ali, porque conhecia todas as entradas e saídas. Concordou em ajudar Saeed e Nadia, e baixou seu preço pela metade e eles ficaram muito gratos, e ele apanhou seu pagamento e disse que os faria chegar à Suécia na manhã seguinte, mas quando eles acordaram não havia sinal do sujeito. Não estava mais. Tinha desaparecido da noite para o dia. Saeed confiava nele e por isso eles ficaram onde estavam por uma semana, no mesmo ponto do mesmo acampamento, mas nunca mais o viram. Nadia sabia que tinham sido enganados, essas coisas eram comuns, e Saeed também sabia, mas preferiu por um tempo tentar acreditar que tinha acontecido alguma coisa que impedira o homem de voltar, e quando rezava Saeed rezava não apenas pelo retorno do homem, mas também por sua segurança, até que começou a achar que era uma tolice continuar rezando por aquele homem, e depois disso Saeed passou a rezar só por Nadia e por seu pai, sobretudo por seu pai, que não estava com eles e deveria estar. Mas não havia como voltar para buscar seu pai agora, porque nenhum portal na cidade deles permanecia ignorado pelos militantes por muito tempo, e não se tinha notícia de alguém que tivesse fugido da cidade e retornado através de um portal e continuado vivo.

Uma manhã, Saeed conseguiu um barbeador emprestado e

aparou a barba até deixá-la rente como estava quando Nadia o conheceu, e na mesma manhã ele perguntou a Nadia por que ela ainda vestia seus mantos negros, já que ali ela não precisava deles, e ela respondeu que não tivera necessidade de vesti-los mesmo na cidade deles, quando morava sozinha, antes de aparecerem os militantes, mas optara por adotá-los porque isso emitia um sinal, e ela queria continuar emitindo esse sinal, e ele sorriu e perguntou: um sinal até mesmo para mim?, e ela sorriu também e disse: não para você, você já me viu sem nada.

As economias deles estavam ficando ralas, mais da metade do dinheiro com que tinham saído de sua cidade já não existia. Agora entendiam melhor o desespero que viam nos acampamentos, o medo, nos olhos das pessoas, de ficar aprisionadas ali para sempre, ou até que a fome as forçasse a voltar por um dos portais que levavam a lugares indesejáveis, os portais deixados sem vigilância, aos quais as pessoas nos acampamentos se referiam como ratoeiras, mas que, por resignação, alguns estavam experimentando mesmo assim, especialmente aqueles que tinham exaurido seus recursos, aventurando-se através desses portais para chegar ao mesmo lugar de onde tinham vindo, ou a outro lugar desconhecido, quando julgavam que qualquer coisa seria melhor do que onde eles tinham estado.

Saeed e Nadia começaram a restringir seus passeios para poupar energia e reduzir assim sua necessidade de comida e bebida. Saeed comprou uma vara de pesca simples, acessível por um preço menos exorbitante porque seu molinete estava quebrado e a linha tinha que ser enrolada e desenrolada à mão. Ele e Nadia passearam até o mar, postaram-se sobre uma pedra, colocaram um pedaço de pão no anzol e tentaram pescar sozinhos, duas pessoas solitárias, cercadas apenas pela água que a brisa encapelava em pequenos morros opacos, escondendo o que havia embaixo, e eles pescaram e pescaram durante horas, revezando-se, mas nenhum dos dois sabia pescar, ou talvez simplesmente estivessem sem sorte, e embora tivessem sentido beliscões na linha, não pegaram coisa alguma, e era como se estivessem apenas alimentando com seu pão o mar insaciável.

Alguém lhes dissera que as melhores horas para pescar eram no amanhecer e no crepúsculo, de modo que eles ficaram fora sozinhos por mais tempo do que ficariam em outras condições. Estava escurecendo quando viram à distância quatro homens vindo pela praia na direção deles. Nadia disse que deviam ir embora dali, e Saeed concordou, e o casal saiu andando depressa, mas os homens pareciam segui-los, e Saeed e Nadia aceleraram o passo, tanto quanto eram capazes, embora Nadia tivesse escorregado e esfolado o braço nas pedras. Os homens ganhavam terreno, e Saeed e Nadia começaram a se perguntar em voz alta quais das suas coisas poderiam deixar para trás, para aliviar o peso, ou como uma oferenda que poderia satisfazer seus perseguidores. Saeed disse que talvez os homens quisessem a vara de pesca, e isso era mais tranquilizador para eles do que a alternativa, que seria pensar no que mais os homens poderiam querer. Então eles largaram a vara de pesca, mas logo depois fizeram uma curva e viram uma casa diante da qual havia guardas uniformizados, o que significava que a casa continha um portal para um lugar desejável, e Saeed e Nadia jamais tinham sentido alívio ao ver guardas na ilha, mas agora sentiam. Foram se aproximando, até que os guardas lhes gritaram para que não avançassem mais, e ali Saeed e Nadia estacaram, deixando claro que não tentariam invadir a casa, sentando onde os guardas podiam vê-los e onde se sentiam seguros, e Saeed chegou a considerar a hipótese de voltar para recuperar a vara de pesca, mas Nadia disse que seria arriscado demais. Agora ambos lamentavam tê-la deixado para trás. Ficaram atentos por um tempo, mas os quatro homens não voltaram a aparecer, e os dois montaram sua barraca ali mesmo, mas não conseguiram dormir muito naquela noite.

Os dias começavam a ficar mais quentes, e a primavera dava seus primeiros balbucios em Míconos, com botões de flores despontando aqui e ali. Em todas as semanas transcorridas ali, Saeed e Nadia nunca haviam estado na cidade velha, pois esta ficava fora dos limites permitidos aos imigrantes à noite, e eles eram fortemente desencorajados a ir lá mesmo durante o dia, exceto aos arrabaldes, onde podiam fazer comércio com moradores, vale dizer com aqueles que estavam na ilha havia mais de uns poucos meses, mas o corte no braço de Nadia tinha começado a infeccionar, e assim eles tinham ido aos arrabaldes da cidade velha para ser atendidos numa clínica. Uma garota local de cabelo parcialmente raspado, que não era médica nem enfermeira, mas apenas voluntária, uma adolescente muito bondosa, com não mais que dezoito ou dezenove anos, limpou o ferimento e fez um curativo, com delicadeza, segurando o braço de Nadia como se fosse algo precioso, segurando-o quase com timidez. As duas mulheres puseram-se a conversar, e formou-se uma conexão entre elas, e a garota disse que queria ajudar Nadia e Saeed, e perguntou-lhes do que estavam precisando. Eles disseram que acima de tudo precisavam de um jeito de sair da ilha, e a garota disse que talvez pudesse fazer alguma coisa, para eles permanecerem por perto, e anotou o telefone de Nadia, e todos os dias Nadia passou a visitar a clínica, e ela e a garota conversavam e às vezes tomavam um café ou fumavam juntas um baseado, e a garota parecia muito contente de estar com ela.

A cidade velha era extraordinária, blocos brancos com janelas azuis esparramados por morros castanho-avermelhados, que se debruçavam sobre o mar, e pelos arrabaldes Saeed e Nadia podiam avistar pequenos moinhos de vento e igrejas arredondadas e o verde vibrante de árvores que à distância pareciam plantas de vaso. Era caro ficar naquela área, os acampamentos ali tinham geralmente migrantes com mais dinheiro, e Saeed começou a ficar preocupado.

Mas a nova amiga de Nadia era alguém em quem dava para confiar, pois numa manhã bem cedo ela colocou Nadia e Saeed na garupa de sua scooter e percorreu velozmente com eles ruas ainda desertas até chegar a uma casa com quintal numa colina. Correram para dentro e ali havia um portal. A garota desejou-lhes boa sorte e abraçou Nadia com força, e Saeed admirou-se ao ver o que pareciam ser lágrimas nos olhos da garota, ou se não lágrimas pelo menos um brilho enevoado, e Nadia a abraçou forte também, e esse abraço durou um tempão, e a garota sussurrou alguma coisa a ela, e então Nadia e Saeed se viraram e atravessaram a porta deixando Míconos para trás.

Sete

Emergiram num quarto de dormir com vista para o céu noturno e mobília tão cara e esmerada que Saeed e Nadia julgaram estar num hotel, daqueles vistos em filmes e em revistas espessas e brilhantes, com madeiras claras e tapetes cor de creme e paredes brancas e um lampejo de metal aqui e ali, metal que reflete como um espelho, emoldurando a tapeçaria de um sofá, a placa de um interruptor de luz. Ficaram imóveis, na esperança de não ser descobertos, mas tudo estava em silêncio, um silêncio tão grande que chegaram a imaginar que estavam no campo — pois não tinham experiência alguma de paredes e janelas com isolamento acústico — e que todo mundo no hotel devia estar dormindo.

Ao ficar de pé, porém, puderam ver o que havia sob o céu, isto é, que estavam numa cidade grande, com uma fileira de prédios brancos em frente, cada um perfeitamente pintado e conservado e improvavelmente idêntico ao seguinte, e diante de cada um desses prédios, erguendo-se de canteiros retangulares num passeio pavimentado com lajotas retangulares, ou concreto assentado à maneira de lajotas, havia árvores, havia cerejeiras, com botões e algumas flores brancas desabrochadas, como se tivesse nevado havia pouco e como se a neve tivesse grudado nos galhos e nas folhas, ao longo de toda a rua, em árvore após árvore, e os dois ficaram parados contemplando aquilo, pois lhes parecia quase irreal.

Esperaram por um tempo, mas sabiam que não podiam ficar para sempre naquele quarto de hotel, então acabaram experimentando a maçaneta da porta, que estava destrancada, e saíram num corredor que levava a uma escada, que por sua vez levava a outros andares com outros quartos, mas também salas de estar e vestíbulos, e só então perceberam que estavam numa espécie de casa, com certeza um palácio, com quartos e mais quartos, maravilhas e mais maravilhas, e torneiras que jorravam água que parecia água de fonte e que ficava branca de tantas bolhas e era macia, sim, macia, ao toque.

Amanhecia na cidade e eles ainda não tinham sido descobertos, e Saeed e Nadia foram para a cozinha e pensaram no que fazer. A geladeira estava quase vazia, sugerindo que ninguém se alimentara nos últimos tempos, e, embora houvesse caixas e latas de produtos menos perecíveis no armário, eles não queriam ser acusados de roubo, assim tiraram da mochila sua própria comida e cozinharam duas batatas para o café da manhã. Apanharam, entretanto, dois saquinhos de chá da casa e com eles fizeram sua infusão, e cada um deles usou também uma colher de açúcar da casa, e se houvesse leite ali talvez tivessem se servido de um ou dois pingos, mas não havia leite à vista.

Ligaram uma televisão para ver se conseguiam descobrir onde estavam, e logo ficou claro que estavam em Londres, e enquanto assistiam às notícias intermitentemente apocalípticas eles se sentiam estranhamente normais, pois fazia meses que não viam televisão. Então ouviram um som atrás deles e viram que um homem estava postado ali, encarando-os, e puseram-se de pé, Saeed erguendo a mochila e Nadia a barraca, mas o homem se virou sem dizer uma palavra e se dirigiu ao andar de cima. Não souberam como interpretar aquilo. O homem lhes parecera quase tão surpreso com seu entorno quanto eles próprios, e não viram mais ninguém até o anoitecer.

Depois que escureceu começou a sair gente do mesmo quarto no andar de cima onde Nadia e Saeed tinham chegado: uma dúzia de nigerianos, depois uns poucos somalis, e depois deles uma família da zona fronteiriça entre Mianmar e a Tailândia. Cada vez mais gente. Alguns deixaram a casa o mais rápido que conseguiram. Outros permaneceram, tomando posse de um quarto ou de uma sala como se fossem seus.

Saeed e Nadia escolheram um quartinho nos fundos, um andar acima do térreo, com uma sacada da qual podiam saltar para o jardim, se necessário, e dali, com um pouco de sorte, empreender uma fuga.

Dispor de um quarto só para eles — quatro paredes, uma janela, uma porta com fechadura — pareceu-lhes uma felicidade incrível, e Nadia sentiu a tentação de desfazer a bagagem, mas sabia que precisavam estar prontos para partir a qualquer momento, de modo que retirou da mochila apenas os itens absolutamente imprescindíveis. Saeed, por sua vez, retirou a foto de seus pais que mantinha escondida na roupa e a colocou numa prateleira, onde ela ficou, amassada, encarando-os e transformando, pelo menos em parte, temporariamente, aquele quartinho estreito num lar.

No corredor contíguo havia um banheiro, e Nadia queria

tomar um banho mais do que qualquer coisa, mais até do que comer. Saeed montou guarda do lado de fora, enquanto ela entrava e se despia e observava o próprio corpo, mais magro do que ela jamais vira, e riscado por uma sujeira produzida biologicamente por ela mesma, suor ressecado e pele morta, e com pelos em lugares dos quais ela sempre os expulsara, e concluiu que seu corpo parecia agora o de um animal, de um selvagem. A pressão da água do chuveiro era esplêndida, golpeando sua carne com verdadeira força e esfregando sua pele até deixá-la limpa. A temperatura também era soberba, e ela a elevou ao máximo que era capaz de suportar, deixando o calor se infiltrar até os ossos, enregelados por meses de frio ao relento, e o banheiro se encheu de vapor como uma floresta nas montanhas, perfumada com pinho e lavanda dos sabonetes que ela encontrara, uma espécie de paraíso, com toalhas tão felpudas e macias que, quando ela finalmente emergiu do banho, se sentiu como uma princesa ao usá-las, ou pelo menos como a filha de um ditador que estava matando sem misericórdia para que seus filhos pudessem se paparicar com um algodão como aquele, sentir aquela sensação extraordinária na barriga e nas coxas nuas, toalhas que davam a impressão de nunca terem sido usadas e de que talvez nunca voltassem a sê-lo. Nadia começou a vestir de volta suas roupas, mas de repente não suportou mais, pois o fedor que exalavam era esmagador, e ela estava prestes a lavá-las na banheira quando ouviu uma batida na porta e se deu conta de que devia tê-la trancado. Ao abri-la, viu um nervoso, irritado e sujo Saeed.

Ele disse: "Que merda você está fazendo?".

Ela sorriu e avançou para lhe dar um beijo, e, embora seus lábios tenham tocado os dele, estes não mostraram muita reação.

"Demorou uma eternidade", disse ele. "Aqui não é a nossa casa."

"Preciso de mais cinco minutos. Tenho que lavar minhas roupas."

Ele arregalou os olhos mas não discordou, e mesmo que tivesse discordado ela sentia dentro de si uma dureza que significava que as teria lavado de qualquer maneira. O que estava fazendo, o que acabara de fazer, não era para ela uma frivolidade, era algo essencial, que tinha a ver com ser gente, viver como um ser humano, lembrando-a de quem ela era, e, portanto, era uma coisa importante, e se necessário valia uma briga.

Mas a satisfação extraordinária do banheiro enfumaçado parecia ter evaporado quando ela fechou a porta, e a lavagem de suas roupas, contemplando a água turva escorrer delas para o ralo da banheira, foi frustrantemente utilitária. Tentou recuperar sua boa disposição anterior e não se irritar com Saeed, que afinal tinha os motivos dele, só estava fora de sintonia com ela naquele momento, e quando saiu do banheiro envolta em sua toalha, em suas toalhas, pois agora tinha uma em torno do corpo e outra em torno dos cabelos, e nas mãos as roupas ensopadas mas limpas, ela estava preparada para deixar morrer a pequena desavença entre eles.

Mas ele disse, olhando para ela: "Você não pode ficar aqui desse jeito".

"Não me diga o que eu posso fazer."

Ele pareceu ferido pelo comentário e também enraivecido, e ela estava enraivecida também, e depois que ele tomou seu banho e lavou suas roupas, o que fez talvez como um gesto conciliatório ou quem sabe porque depois de ter se livrado de sua própria sujeira ele também percebeu o que ela percebera, eles dormiram juntos na estreita cama de solteiro sem abrir a boca, sem se tocar, ou sem se tocar mais do que eram obrigados pela falta de espaço, não muito diferentes, naquela noite, de um casal antigo e infeliz, um casal que tivesse transformado em dissabores as oportunidades de alegria.

Nadia e Saeed tinham feito a travessia na manhã de um sábado, e no domingo pela manhã, quando a empregada doméstica chegou para trabalhar, a casa já estava quase lotada, abrigando talvez uns cinquenta ocupantes, de crianças a idosos, vindos desde a Guatemala, a oeste, até a Indonésia, a leste. A empregada soltou um grito ao abrir a porta da frente, e os policiais chegaram logo depois, dois homens com chapéus antiquados, mas só espiaram de fora, sem entrar. Logo chegou uma viatura lotada deles, com equipamento completo da tropa de choque, e em seguida um carro com mais dois, vestidos de camisa branca e colete à prova de balas e armados com o que pareciam ser submetralhadoras, e em seus coletes pretos a palavra POLÍCIA estava escrita em letras brancas, mas estes dois pareceram soldados aos olhos de Saeed e Nadia.

Os ocupantes da casa ficaram apavorados, muitos deles já tendo testemunhado em primeira mão o que policiais e soldados eram capazes de fazer, e em seu terror eles falaram mais entre si do que fariam em outras circunstâncias, estranhos conversando com estranhos. Uma espécie de camaradagem se formou, como talvez não tivesse se formado na rua, a céu aberto, pois então provavelmente eles estariam dispersos, e cada um por si, mas ali eles estavam confinados juntos, e estar confinados fazia deles um agrupamento, um grupo.

Quando a polícia, com seus megafones, ordenou que todos saíssem da casa, a maior parte deliberou não obedecer, e assim, enquanto uns poucos saíam, a grande maioria permaneceu, incluindo Nadia e Saeed. O prazo final para saírem foi se aproximando cada vez mais, até que expirou, e eles continuavam ali, e a polícia não invadiu nem atacou, e eles sentiram que tinham ganhado algum tipo de trégua, e então aconteceu algo que eles nunca poderiam ter previsto: outras pessoas foram se juntando na rua, outras pessoas de pele escura ou quase escura e mesmo de pele clara, encardidas, como as pessoas dos acampamentos em Míconos, e essas pessoas formaram uma multidão. Batiam com colheres em panelas e entoavam cânticos em várias línguas, e logo a polícia resolveu se recolher.

Naquela noite, o silêncio e a quietude reinaram na casa, embora tenha sido possível ouvir de vez em quando trechos de um lindo canto em idioma ibo, até tarde da noite, e Saeed e Nadia, deitados de mãos dadas na cama macia do seu quartinho dos fundos, sentiram-se confortados com aquilo, como se fosse uma canção de ninar, confortados mas mantendo a porta do quarto trancada. Ao amanhecer ouviram à distância alguém chamando para uma oração matinal, talvez através de uma máquina de karaokê expropriada, e Nadia despertou alarmada de um sonho, pensando por um segundo que estava de volta à cidade deles, às voltas com os militantes, antes de lembrar onde estava de fato, e então viu, um tanto surpresa, Saeed sair da cama para rezar.

Por toda a cidade de Londres, casas, parques e terrenos ociosos estavam sendo ocupados dessa maneira, havia quem falasse em um milhão de migrantes, outros no dobro disso. Parecia que, quanto mais vazio um espaço na cidade, mais ele atraía invasores, o que atingia especialmente mansões desocupadas no distrito de Kensington e Chelsea, cujos proprietários ausentes em geral descobriam a má notícia tarde demais para intervir, e algo parecido ocorria com as grandes extensões do Hyde Park e dos Kensington Gardens, que se enchiam de barracas e abrigos rústicos, tanto que se dizia que entre Westminster e Hammersmith os residentes legais agora eram minoria, e os nascidos ali estavam desaparecendo, com jornais locais referindo-se à área como o pior dos buracos negros no tecido da nação.

Mas, no mesmo momento em que tanta gente desaguava em Londres, alguns se aventuravam também a sair. Um contador de Kentish Town que estivera prestes a tirar a própria vida descobriu um dia ao acordar de manhã o negror de uma porta onde costumava ser a luminosa entrada de seu pequeno, mas bem iluminado, quarto secundário. Embora inicialmente ele tenha se armado com o taco de hóquei que sua filha deixara em seu closet, junto com outras coisas que ela deixara ao partir para seu ano sabático, e em seguida tenha apanhado o telefone para ligar para a polícia, ele parou para se perguntar por que diabos estava se importando, e deixou de lado o taco e o telefone e encheu a banheira como planejara, e pousou o estilete que tinha comprado sobre o pequeno suporte em forma de concha, ao lado do sabonete orgânico que sua ex-namorada nunca voltaria a usar.

Lembrou a si mesmo que precisava cortar em sentido longitudinal se quisesse fazer aquilo para valer, com o talho subindo pelo antebraço em vez de atravessá-lo transversalmente, e embora detestasse a ideia da dor, e também a de ser encontrado nu, achava que era a coisa certa a fazer, bem ponderada e bem planejada. Mas o negror ali perto o inquietava, trazendo-lhe a lembrança de alguma coisa, de um sentimento, de um sentimento que ele associava a livros infantis, a livros que tinha lido quando criança, ou antes livros que tinham sido lidos para ele por sua mãe, uma mulher com a língua ligeiramente presa e um abraço suave, que não morrera jovem demais mas se estragara jovem demais, com a doença levando embora sua fala e sua personalidade, e junto também o pai dele, que se transformou num homem distante. E, enquanto pensava isso, o contador achou que talvez pudesse atravessar aquela porta preta, só uma vez, para ver o que havia do outro lado, e foi o que fez.

Mais tarde, sua filha e seu melhor amigo receberiam em seus celulares uma foto dele, numa orla marítima que parecia não ter árvore alguma, um litoral deserto, ou um litoral que em todo caso estava seco, com dunas altas, uma praia na Namíbia, e uma mensagem dizendo que ele não voltaria, mas que não se preocupassem, ele sentia algo, ele sentia algo uma vez na vida, e talvez eles pudessem se juntar a ele, ficaria feliz se o fizessem, e se assim resolvessem, uma porta podia ser encontrada em seu apartamento. Com isso ele desapareceu, e sua Londres desapareceu, e quanto tempo ele permaneceu na Namíbia era difícil que alguém que o tivesse conhecido antes soubesse dizer.

Os residentes da casa que Nadia e Saeed agora ocupavam se perguntavam se haviam triunfado. Regozijavam-se por estar abrigados, pois muitos deles tinham passado meses a fio sem um teto adequado sobre a cabeça, mas no fundo sabiam que uma casa como aquela, um palácio como aquele, não seria entregue assim de mão beijada, e seu alívio era, portanto, frágil.

Nadia vivenciava o ambiente da casa um pouco como o de uma moradia estudantil no início do ano letivo, com completos desconhecidos vivendo em íntima proximidade, muitos deles comportando-se o melhor que podiam, tentando ser simpáticos nas conversas e forçando um clima de amizade, na esperança de que tais gestos se tornassem naturais com o tempo. Fora da casa havia muito de fortuito e caótico, mas dentro, quem sabe, certo grau de ordem podia ser construído. Talvez até uma comunidade. Havia gente mal-educada na casa, mas havia gente mal-educada em todo lugar, e na vida era possível lidar com a falta de educação. Nadia achava loucura esperar outra coisa.

98

Para Saeed, a existência na casa era mais incômoda. Em Míconos ele sempre dera preferência à periferia dos acampamentos de migrantes e se habituara a um grau de independência em relação a seus colegas refugiados. Sentia-se desconfiado, sobretudo em relação aos outros homens ao redor, que eram muitos, e achava exasperante ver-se comprimido ali dentro com gente que falava línguas que ele não compreendia. Diferentemente de Nadia, sentia-se em parte culpado por eles e os outros residentes estarem ocupando uma casa que não era deles, e culpado também pela visível deterioração ocasionada por sua presença, a presença de mais de cinquenta habitantes numa única moradia.

Foi o único a se opor quando as pessoas começaram a tomar para si itens valiosos da casa, protesto que pareceu absurdo a Nadia, e além disso fisicamente perigoso para Saeed, e então ela lhe disse para não ser idiota, e disse isso com dureza, mais para protegê-lo do que para magoá-lo, mas ele ficou chocado com seu tom e, embora tenha concordado, passou a se perguntar se aquele novo modo de falar um com o outro, aquela aspereza que agora se infiltrava nas palavras deles às vezes, era um sinal do caminho que estavam tomando.

Nadia também notou um atrito entre eles. Não sabia bem o que fazer para desarmar os ciclos de contrariedades que eles pareciam causar um ao outro, pois, uma vez começados, tais ciclos são difíceis de romper, na verdade ocorre o oposto, como se cada um deles diminuísse um pouco a defesa contra a próxima irritação, como acontece com certas alergias.

Toda a comida existente na casa foi consumida muito rápido. Alguns residentes tinham dinheiro para comprar mais, porém a maioria tinha que passar boa parte do tempo buscando comida, o que envolvia excursões aos armazéns e tendas onde vários grupos estavam distribuindo rações ou servindo sopa e pão gratuitamente. Os suprimentos diários em cada um desses lugares se esgotavam em questão de horas, às vezes de minutos, e a única opção era o escambo com vizinhos, parentes ou conhecidos, e já que a maioria das pessoas tinha pouca coisa para oferecer em troca, eles geralmente davam a promessa de algo para comer amanhã ou depois de amanhã em troca de algo para comer hoje, um escambo não tanto entre coisas diferentes, mas entre tempos diferentes.

Um dia Saeed e Nadia estavam voltando para casa sem comida, mas com a barriga modestamente cheia, depois de uma noite razoável de busca, e ela saboreava o peculiar gosto remanescente e a acidez da mostarda e do ketchup, e Saeed olhava alguma coisa em seu celular, quando ouviram gritos à frente e viram pessoas correndo, e se deram conta de que sua rua estava sob ataque de uma turba nativista, com o Palace Gardens Terrace conflagrado de um modo que desmentia seu nome. O bando pareceu a Nadia uma tribo estranha e violenta, empenhada na destruição, alguns armados com barras de ferro ou facas, e ela e Saeed deram meia-volta e saíram correndo, mas não tinham como escapar.

O olho de Nadia foi atingido e logo incharia até se fechar totalmente, e o lábio cortado de Saeed ficou gotejando sangue no queixo e na jaqueta, e em seu terror cada um deles segurou a mão do outro com toda a força para não se separarem, mas estavam simplesmente em estado de choque, como tantos outros, e naquela noite de distúrbios em sua área de Londres apenas três vidas se perderam, o que não era muito pelos padrões recentes do lugar de onde eles tinham vindo.

Pela manhã eles sentiram que sua cama já estava apertada demais para os dois, com seus machucados em carne viva, e Nadia empurrou Saeed com o quadril, tentando abrir espaço, e

Saeed também empurrou, tentando fazer o mesmo, e por um segundo ela ficou furiosa, e em seguida eles se viraram de frente um para o outro e ele tocou o olho inchado dela e ela bufou e tocou o lábio inchado dele, e eles se encararam e concordaram em silêncio em começar o dia sem rosnar.

Depois dos distúrbios, o que se falava na televisão era de uma grande operação, uma cidade por vez, começando por Londres, para retomar a Grã-Bretanha para os britânicos, e foi noticiado que o Exército estava sendo mobilizado, assim como a polícia, e também aqueles que em outros tempos tinham servido no Exército e na polícia, e voluntários que tinham recebido uma semana de treinamento. Saeed e Nadia ouviram a informação de que extremistas nativistas estavam formando suas próprias legiões, com a conivência tácita das autoridades, e o rumor nas redes sociais era de uma iminente noite dos cristais, mas tudo isso talvez ainda demandaria tempo para ser organizado, e nesse tempo Saeed e Nadia tinham que tomar uma decisão: ficar ou partir.

Em seu quartinho depois do anoitecer eles ouviam música no celular de Nadia, usando o alto-falante embutido. Teria sido uma simples questão de capturar essas músicas de vários sites da internet, mas eles tentavam economizar em tudo, incluindo os pacotes de dados que tinham comprado para seus telefones, de modo que Nadia baixava versões piratas sempre que conseguia encontrá-las, e eram elas que eles ouviam. Em todo caso ela estava contente em reconstruir sua biblioteca musical: por experiência própria, achava que nada fica disponível on-line por muito tempo.

Uma noite ela pôs para tocar um álbum do qual sabia que Saeed gostava, de uma banda local popular em sua cidade quando eles eram adolescentes, e ele ficou surpreso e feliz ao ouvir aquilo, porque sabia muito bem que ela não era propriamente fã da música pop do país deles, portanto estava claro que era para ele que ela estava pondo o álbum para tocar.

Estavam sentados de pernas cruzadas na cama estreita, com as costas apoiadas na parede. Ele estendeu uma das mãos sobre o joelho, com a palma virada para cima. Ela a tomou na sua.

"Vamos combinar de nos esforçar ao máximo para não falar merda um para o outro", ela disse.

Ele sorriu. "Vamos prometer."

"Eu prometo."

"Eu também prometo."

Naquela noite ele perguntou a ela como seria a vida dos seus sonhos, se seria numa metrópole ou no interior, e ela lhe perguntou se ele conseguia vê-los morando em Londres, desistindo de ir embora, e eles discutiram de que modo casas como a que estavam ocupando poderiam ser divididas em apartamentos propriamente ditos, e também de que modo eles poderiam começar de novo em algum outro lugar, naquela cidade ou numa cidade distante.

Sentiam-se mais próximos nas noites em que faziam tais planos, como se os grandes eventos os distraíssem das realidades mundanas da vida, e às vezes ao debater no quartinho suas opções eles paravam e olhavam um para o outro, como se cada um deles lembrasse de repente quem era o outro.

Voltar para o lugar onde tinham nascido era impensável, e eles sabiam que em outras cidades desejáveis de outros países desejáveis cenas similares deveriam estar ocorrendo, cenas de reação nativista, e, embora tenham discutido a hipótese de deixar Londres, acabaram ficando. Começaram a circular rumores de um cerco mais estreito sendo armado, um cerco que avançava pelos bairros de Londres com menos portais, e, portanto, menos recém-chegados, mandando aqueles que não fossem capazes de comprovar sua residência legal para grandes campos de detenção temporária construídos no cinturão verde em torno da cidade, e encurralando os remanescentes em bolsões cada vez menores. Verdade ou não, não havia como negar que uma zona ainda mais densa de migrantes se encontrava em Kensington e Chelsea e nos parques adjacentes, e em torno dessa zona havia soldados e veículos blindados, e acima dela drones e helicópteros, e dentro estavam Nadia e Saeed, que já haviam fugido da guerra e não sabiam para onde correr agora, assim esperavam, esperavam, como tantos outros.

E, no entanto, ao mesmo tempo que tudo isso acontecia, havia voluntários distribuindo comida e remédios na área, e agências humanitárias em ação, e o governo não as proibira de atuar, como tinham feito os governos dos quais os migrantes estavam fugindo, e isso dava alguma esperança. Saeed em particular ficou comovido com um rapaz dali, recém-saído da escola, ou talvez em seu último ano, que veio à casa deles e ministrou vacinas contra a pólio às crianças mas também aos adultos, e, embora muitos desconfiassem de vacinações, e muitos mais, incluindo Saeed e Nadia, já tivessem sido vacinados, havia tanto zelo no rapaz, tanta empatia e boa intenção, que, embora alguns tenham discutido, ninguém teve forças para rechaçá-lo.

Saeed e Nadia sabiam bem como era a fermentação do conflito, portanto a sensação que pairava sobre Londres naqueles dias não era novidade para eles, e a encararam não exatamente com valentia, tampouco com pânico, propriamente, mas sim com uma resignação pontuada por momentos de tensão, uma tensão que tinha fluxos e refluxos, e quando ela recuava havia calma, a chamada calma antes da tormenta, mas que na verdade é o alicerce de uma vida humana, à nossa espera entre os passos de nossa marcha rumo à nossa mortalidade, quando somos impelidos a fazer uma pausa e não agir, mas ser.

As cerejeiras floresceram no Palace Gardens Terrace naquela época, desabrochando em flores brancas, o mais próximo da neve que muitos dos novos moradores da rua tinham visto na vida, e evocando em outros a lembrança do algodão no campo, pronto para ser colhido, esperando pelo labor, pelo esforço de corpos escuros das aldeias, e naquelas árvores havia agora também corpos escuros, crianças que escalavam e brincavam nos galhos, como macaquinhos, não porque ser escuro é ser parecido com macaco, apesar de que isso foi, está sendo e será cuspido por aí, mas porque as pessoas são macacos que esqueceram que são macacos, e assim perderam o respeito pela sua origem, pelo mundo natural ao seu redor, mas não aquelas crianças, naquele momento, que se empolgavam na natureza, jogando jogos imaginários, perdidas nas nuvens de flores brancas como balonistas ou pilotos ou fênix ou dragões, e diante da carnificina à espreita elas faziam daquelas árvores, que talvez não estivessem ali para ser escaladas, a matéria-prima para mil fantasias.

Uma noite apareceu uma raposa no jardim da casa onde Saeed e Nadia estavam alojados. Saeed a apontou a Nadia pela janela do quartinho dos fundos, e os dois ficaram espantados ao vê-la, perguntando-se como tal criatura conseguia sobreviver em Londres, e de onde teria vindo. Quando perguntaram em volta se mais alguém tinha visto a raposa, todos responderam que não, e algumas pessoas disseram que talvez ela tivesse vindo pelos portais, e outras disseram que ela podia ter vindo caminhando a esmo do campo para a cidade, e outras ainda alegavam que era sabido que raposas viviam naquela parte de Londres, e uma senhora idosa disse-lhes que eles não tinham visto uma raposa, e sim eles mesmos, seu próprio amor. Eles ficaram se perguntando se ela queria dizer que a raposa era um símbolo vivo ou se a raposa era irreal, apenas um sentimento, e que por isso quando outros olhavam não viam raposa nenhuma.

A menção ao amor deles deixou Saeed e Nadia um tanto sem graça, pois eles não vinham sendo muito românticos nos últimos tempos, cada um ainda consciente do atrito da sua presença sobre o outro, e atribuíam isso a uma convivência próxima demais durante um tempo muito longo, um estado não natural de proximidade no qual qualquer relacionamento padeceria. Começaram a perambular separadamente durante o dia, e essa separação veio como um alívio para eles, embora Saeed temesse o que poderia ocorrer se os combates para limpar sua área começassem tão de repente que eles não conseguissem voltar para casa, sabendo por experiência própria que um celular podia ser uma conexão inconstante, com seu sinal sendo encarado em circunstâncias normais como a luz do sol ou da lua, mas na realidade sujeito a sofrer de um momento para outro um eclipse interminável, e Nadia se preocupava com a promessa que fizera ao pai de Saeed, a quem ela também chamava de pai, de ficar com Saeed até que ele estivesse seguro, preocupada com o que poderia fazê-la descumprir a promessa, e com a possibilidade de que isso significasse que ela não prestava para coisa alguma.

Mas, livres da proximidade claustrofóbica durante o dia, excursionando separadamente, eles se uniam com mais afeto à noite, mesmo que esse afeto às vezes parecesse mais o que existe entre parentes do que entre amantes. Começaram a se sentar na sacada do seu quartinho e a esperar no escuro que a raposa aparecesse embaixo, no jardim. Um animal tão nobre, ainda que gostasse de fuçar o lixo.

Ali sentados eles ocasionalmente entrelaçavam as mãos, e ocasionalmente se beijavam, e uma vez ou outra sentiam reacender um fogo que se mostrava bem arrefecido e iam para a cama e fustigavam o corpo um do outro, nunca fazendo sexo, mas nunca precisando fazê-lo, não mais, seguindo um ritual diferente que ainda resultava em relaxamento. Em seguida dormiam ou, se não estivessem com sono, voltavam à sacada e esperavam pela raposa, e a raposa era imprevisível, podia vir ou não, mas geralmente vinha, e quando isso ocorria eles ficavam aliviados, pois significava que a raposa não desaparecera nem fora morta nem encontrara outra parte da cidade para fazer seu lar. Uma noite, a raposa encontrou uma fralda suja, puxou-a para fora do lixo e farejou-a, como se especulasse o que seria aquilo, e então arrastou-a pelo jardim, sujando a grama, mudando de rumo uma e outra vez, como um cachorro com um brinquedo, ou um urso com um caçador desafortunado em sua bocarra, em todo caso movendo-se ao mesmo tempo com determinação e com imprevisível animalidade, e quando terminou a fralda estava em retalhos.

Naquela noite a eletricidade caiu, cortada pelas autoridades, e Kensington e Chelsea imergiram na escuridão. Um medo penetrante baixou também, e o chamado para a oração que eles frequentemente escutavam à distância foi silenciado. Concluíram que talvez o aparelho de karaokê que era usado para aquele fim não funcionasse com pilhas.

Oito

As complexidades da rede de energia elétrica de Londres eram tais que algumas partículas de claridade noturna permaneciam no distrito em que Saeed e Nadia se encontravam, em propriedades nas suas margens, perto de onde barricadas e barreiras policiais eram controladas por forças governamentais armadas, e em bolsões esparsos que por alguma razão eram difíceis de desconectar, e em um ou outro prédio isolado onde um migrante empreendedor tinha feito uma ligação clandestina a uma linha de alta voltagem ainda ativa, arriscando-se — e em alguns casos sucumbindo — à morte por eletrocussão. À parte isso, tudo em volta de Saeed e Nadia estava opressivamente escuro.

Míconos não era muito bem iluminada, mas lá a eletricidade chegava a todos os lugares onde havia fios. Na própria cidade de onde eles fugiram, havia caído a eletricidade, caído para sempre. Mas em Londres havia partes tão iluminadas como sempre, mais iluminadas que qualquer lugar que Saeed e Nadia tivessem visto antes, clareando o céu e refletindo de volta nas nuvens, e em contraste as manchas escuras da cidade pareciam mais escuras, mais significativas, do mesmo modo que a escuridão no oceano sugere não uma diminuição da luz vinda do alto, mas um aumento brusco da profundidade abaixo.

Na Londres escura Saeed e Nadia se perguntavam como seria a vida na Londres iluminada, onde eles imaginavam que as pessoas jantavam em restaurantes elegantes e rodavam em reluzentes táxis pretos, ou pelo menos iam trabalhar em escritórios e lojas e eram livres para viajar como e quando quisessem. Na Londres escura, o lixo se acumulava, sem ser recolhido, e as estações de metrô estavam lacradas. Os trens continuavam circulando, sem parar nas estações próximas a Saeed e Nadia, mas eles os sentiam como uma vibração sob seus pés e os ouviam numa frequência baixa e potente, quase subsônica, como um trovão ou a detonação de uma bomba enorme e distante.

À noite, no escuro, enquanto drones, helicópteros e balões de vigilância espreitavam intermitentemente do alto, às vezes eclodiam escaramuças, e havia também assassinatos, estupros e assaltos. Alguns, na Londres escura, culpavam nativistas provocadores por esses incidentes. Outros culpavam outros migrantes, e começavam a mudar de lugar, à maneira de cartas de baralho distribuídas a partir de um maço no decorrer de um jogo, reorganizando-se em naipes e sequências com suas semelhantes, formando canastras, ou então segundo semelhanças superficiais, copas num grupo, paus em outro, sudaneses de um lado, hondurenhos de outro.

Saeed e Nadia não saíram do lugar, mas a casa deles começou a mudar mesmo assim. Os nigerianos eram no início o mais numeroso entre muitos grupos de residentes, mas com muita frequência uma família não nigeriana abandonava a casa e seu lugar quase sempre era ocupado por mais nigerianos, de modo que a casa começou a ficar conhecida como uma casa nigeriana, como as duas que a ladeavam. Os nigerianos mais velhos das três casas reuniam-se no jardim da propriedade à direita da ocupada por Saeed e Nadia, e a essa reunião davam o nome de conselho. Compareciam mulheres e homens, mas a única pessoa obviamente não nigeriana que comparecia era Nadia.

Na primeira vez que Nadia apareceu por lá os outros pareceram surpresos ao vê-la, não apenas por causa de sua etnia, mas também por sua relativa juventude. Por um momento fez-se silêncio, mas então uma idosa de turbante, que vivia com a filha e os netos no quarto acima do de Saeed e Nadia, e a quem Nadia ajudara em mais de uma ocasião a subir as escadas, uma senhora sempre majestosa em sua postura, mas também bastante gorda, essa senhora acenou para Nadia, chamando-a para ficar ao seu lado, em pé, junto à cadeira de jardim onde ela estava sentada. Isso pareceu resolver a questão, e ninguém questionou Nadia nem a convidou a se retirar.

De início Nadia não acompanhava muito o que estava sendo dito, apenas cacos aqui e ali, mas com o tempo foi compreendendo cada vez mais, e compreendeu também que os nigerianos na verdade não eram todos nigerianos, alguns eram só meio nigerianos, ou de lugares vizinhos à Nigéria, de famílias que se espalhavam por ambos os lados da fronteira, e além disso compreendeu que talvez nem houvesse o que se pode chamar de nigeriano, ou pelo menos um nigeriano genérico, pois diferentes nigerianos falavam línguas diferentes entre eles, e pertenciam a diferentes religiões. Reunidos naquele grupo eles conversavam numa língua formada em grande parte do inglês, mas não apenas do inglês, e de todo modo alguns deles tinham mais intimidade com o inglês do que outros. Também falavam diferentes variações do inglês, diferentes ingleses, e assim, quando Nadia expressava uma ideia ou opinião no meio deles, não precisava temer que suas formulações não fossem compreendidas, pois seu inglês era como os deles, um entre muitos.

As atividades do conselho eram práticas, tomar decisões em disputas de vizinhos ou acusações de furto ou de comportamento impróprio, e também nas relações com outras casas da rua. As deliberações não raro eram lentas e enfadonhas, de modo que tais reuniões não eram particularmente empolgantes. E, no entanto, Nadia as aguardava com ansiedade. Elas representavam algo novo em sua mente, o nascimento de uma coisa nova, e ela achava interessantes aquelas pessoas que eram semelhantes e diferentes das que ela conhecera em sua cidade, ao mesmo tempo familiares e estranhas, e julgava que sua aparente aceitação, ou pelo menos tolerância, por parte delas era gratificante, de certo modo uma conquista.

Em meio aos nigerianos mais jovens Nadia adquiriu uma espécie de status especial, talvez porque a vissem com os parentes mais velhos deles, ou talvez por causa do seu manto preto, e assim os jovens adultos nigerianos e nigerianas e os meninos e meninas nigerianos mais crescidos, que sempre tinham na ponta da língua uma piada sarcástica sobre muitos dos outros moradores da casa, raramente diziam algo dessa natureza para ela, ou sobre ela, pelo menos não na sua presença. Ela circulava intacta por salas e corredores apinhados, intacta exceto por uma nigeriana tagarela da sua idade, uma mulher de jaqueta de couro e dente lascado, que se postava como um pistoleiro profissional, de pernas abertas, cinto afrouxado e mãos nos quadris, e não poupava ninguém de suas chibatadas verbais, de seus comentários que grudavam na pessoa mesmo depois que esta passava e a deixava para trás.

Saeed, porém, estava menos confortável. Como era um homem jovem, os outros homens jovens o mediam de cima a baixo de tempos em tempos, como os homens jovens costumam fazer, e Saeed achava isso desconcertante. Não porque não tivesse visto coisa semelhante em seu próprio país, pois tinha, mas porque ali, naquela casa, ele era o único homem de seu país, e aqueles que o mediam de cima a baixo eram de outro país, e eram muitos, e ele, sozinho. Isso mexia em algo básico, algo tribal, e despertava tensão e uma espécie de medo reprimido. Não sabia bem quando podia relaxar, se é que podia, de modo que quando estava fora de seu quarto, mas dentro da casa, raramente se sentia à vontade.

Uma vez, estava sozinho, chegando à casa enquanto Nadia estava numa reunião do conselho, e a mulher da jaqueta de couro postava-se no corredor, bloqueando a passagem com sua forma tensa e angulosa, as costas apoiadas numa parede, um pé plantado na outra. Saeed não gostava de admitir, mas se sentia intimidado por ela, por sua intensidade e pela rapidez e imprevisibilidade de suas palavras, palavras que muitas vezes ele não entendia, mas que faziam os outros rirem. Ficou parado esperando que ela se movesse, que abrisse espaço para ele passar. Mas ela não se mexeu, e então ele disse com licença, e ela disse por que eu deveria te dar licença, na verdade disse mais do que isso, mas essa frase foi tudo o que ele captou. Saeed estava irritado por ela estar brincando com ele, e alarmado também, e considerou a possibilidade de dar o fora dali e voltar mais tarde. Mas se deu conta naquele momento de que havia um homem atrás de si, um nigeriano mal-encarado. Saeed ouvira dizer que aquele homem tinha uma arma, embora não estivesse visivelmente com ele, mas muitos dos migrantes na parte escura de Londres tinham passado a portar facas e outras armas, já que estavam em estado de sítio, e sujeitos a ser atacados a qualquer momento por forças governamentais, ou em alguns casos por estar predispostos a portar armas, tendo feito isso no lugar de onde vinham e continuando a fazê-lo ali, o que Saeed suspeitava ser o caso daquele homem.

Saeed quis correr, mas não tinha para onde, e tentou esconder seu pânico, mas a mulher de jaqueta de couro tirou o pé da parede, abrindo espaço para Saeed passar, e ele se espremeu pela fresta, roçando o corpo dela com o seu, sentindo-se emasculado ao fazer isso, e quando se viu sozinho em seu quarto sentou na cama com o coração acelerado e teve vontade de gritar ou de se encolher num canto, mas claro que não fez nem uma coisa nem outra.

Depois de uma curva, na Vicarage Gate, havia uma casa conhecida por ser residência de gente do país dele. Saeed começou a passar mais tempo ali, atraído pelas línguas e sotaques familiares, bem como pelo aroma familiar da cozinha. Uma tarde ele estava lá na hora da oração e juntou-se a seus compatriotas que oravam no jardim dos fundos, sob um céu espantosamente azul, como o céu de um outro mundo, sem a poeira em suspensão da cidade onde passara toda a sua vida, e também perscrutando o espaço a partir de uma latitude mais alta, um poleiro diferente na Terra giratória, mais perto do polo do que do Equador, contemplando assim o vazio de um ângulo diferente, mais azul, e enquanto orava ele sentia que orar era de certa forma diferente ali, no jardim daquela casa, com aqueles homens. Fazia com que se sentisse parte de alguma coisa, não apenas de uma coisa espiritual, mas uma coisa humana, parte daquele grupo, e por um lancinante segundo ele pensou em seu pai, e então um homem barbudo com duas marcas brancas em cada lado do queixo, marcas como a de um grande gato ou lobo, pôs o braço em torno de Saeed e disse, irmão aceite um pouco de chá.

Naquele dia Saeed sentiu-se realmente aceito naquela casa e pensou em perguntar ao homem com a barba de marcas brancas se havia lugar ali para ele e Nadia, a quem ele se referia como sua esposa. O homem disse há sempre lugar para um irmão e uma irmã, mas infelizmente não um quarto que eles pudessem compartilhar, mas Saeed podia ficar com ele e alguns outros homens no chão da sala de estar, desde que não se incomodasse em dormir no chão, e Nadia podia ficar no andar de cima com as mulheres, infelizmente ele próprio e sua esposa estavam separados daquela maneira, e estavam entre os primeiros moradores, mas era o único meio civilizado de amontoar tanta gente na casa como eles fizeram, e como era justo fazer.

Quando Saeed contou a Nadia essa boa notícia, ela não reagiu como se fosse uma boa notícia coisa nenhuma.

"E por que iríamos querer mudar para lá?", ela perguntou.

"Para estar perto da nossa gente", Saeed respondeu.

"O que faz deles nossa gente?"

"São do nosso país."

"Do país de onde éramos."

"Sim." Saeed tentou não soar contrariado.

"Nós saímos daquele lugar."

"Isso não significa que não tenhamos mais ligação."

"Eles não são como eu."

"Você não os conheceu ainda."

"Nem preciso." Ela soltou um longo e tenso sopro. "Aqui nós temos nosso próprio quarto", ela disse, suavizando o tom. "Só nós dois. É um grande privilégio. Por que deveríamos abrir mão disso e dormir separados? Em meio a dúzias de estranhos?"

Saeed não tinha resposta para isso. Pensando no assunto mais tarde, refletiu que era de fato esquisito querer trocar o quarto deles por um par de espaços separados, com uma barreira entre os dois, como quando moravam na casa dos pais dele, uma época que agora ele rememorava com certo carinho, apesar dos horrores, com carinho pelo que sentia por ela na época, e pelo que ela sentia por ele, e como se sentiam juntos. Não insistiu no assunto, mas quando Nadia aproximou o rosto do seu na cama naquela noite, o bastante para que sua respiração fizesse cócegas nos lábios dele, ele não foi capaz de juntar forças para atravessar a minúscula distância que o separava do beijo.

Todos os dias um avião militar riscava o céu como um ruidoso lembrete às pessoas da Londres escura da superioridade tecnológica de seus oponentes, as forças governamentais e nativistas. Nas fronteiras de seu distrito, Saeed e Nadia podiam ocasionalmente avistar tanques e veículos blindados, aparatos de comunicação e robôs que caminhavam ou rastejavam como animais, transportando cargas para soldados ou ensaiando a desativação de explosivos, ou quem sabe se preparando para realizar outra tarefa desconhecida. Mais até do que os aviões de combate e dos tanques, e mesmo sendo poucos, aqueles robôs, bem como os drones sobrevoando, eram assustadores, porque sugeriam uma eficiência ininterrupta, um poder inumano, e evocavam o tipo de pavor que um pequeno mamífero sente diante de um predador de uma ordem completamente diferente, como um roedor diante de uma cobra.

Em reuniões do conselho, Nadia ouvia os mais velhos discutirem o que fazer quando a ofensiva finalmente viesse. Todos concordavam que o mais importante era controlar a impulsividade dos jovens, pois uma resistência armada tinha tudo para levar a uma carnificina, e a não violência era certamente a mais potente resposta, iria constranger os agressores a uma conduta civilizada. Todos estavam de acordo quanto a isso, exceto Nadia, que não sabia muito bem o que pensava, que tinha visto o que acontece às pessoas que se rendem, quando sua antiga cidade se rendeu aos militantes, e que julgava que os jovens com suas armas, suas facas, seus punhos e dentes tinham o direito de usar essas coisas, e que a ferocidade dos pequenos era às vezes tudo o que os mantinha a salvo das violências dos grandes. Mas havia sensatez também no que diziam os mais velhos, assim ela ficava em dúvida.

Saeed também estava em dúvida. Mas na casa dos seus compatriotas, o homem de barba com marcas brancas falava de martírio, não como a consequência mais desejável, mas como possível final de um caminho que os justos não tinham escolha senão seguir, e defendia a união de migrantes em torno de princípios religiosos, passando por cima de divisões de raça, língua ou nação, pois afinal o que importavam agora tais divisões num mundo cheio de portais?, as únicas divisões que contavam agora eram entre aqueles que buscavam o direito de passagem e aqueles que lhes negavam essa passagem, e num mundo assim a religião dos justos devia defender aqueles que buscavam passagem. Saeed estava dividido porque se sentia tocado por aquelas palavras, fortalecido por elas, e não eram as palavras bárbaras dos militantes de seu país, os militantes por causa dos quais sua mãe estava morta, e possivelmente também seu pai àquela altura, mas ao mesmo tempo aquele ajuntamento de homens atraídos pelas palavras do homem de barba com marcas brancas lembrava-lhe esporadicamente os militantes, e quando pensava nisso sentia algo rançoso em si mesmo, como se estivesse apodrecendo por dentro.

Havia armas na casa de seus conterrâneos, e chegavam mais a cada dia através dos portais. Saeed aceitou uma pistola mas não um fuzil, já que podia escondê-la, e no fundo do coração não seria capaz de dizer se apanhou a pistola porque ela o faria sentir-se mais seguro diante dos nativistas ou dos nigerianos, seus próprios vizinhos. Ao se despir naquela noite, não falou sobre a arma, mas também não a escondeu de Nadia, e, quando ela viu a pistola, ele pensou que ela brigaria com ele, ou pelo menos discutiria, pois ele sabia o que o conselho decidira a respeito do assunto. Mas ela não brigou.

Em vez disso ficou olhando para ele, e ele olhando para ela, e ele viu a forma animal dela, a estranheza de seu rosto e de seu corpo, e ela viu a estranheza do rosto e do corpo dele, e quando ele lhe abriu os braços ela veio até ele, veio até ele ainda que meio de lado, e houve uma mútua violência e excitação no engate dos dois, uma espécie de surpresa alarmada, quase dolorosa. Só depois que Nadia caiu no sono e Saeed ficou ali deitado sob o luar que se infiltrava através e em torno das persianas, ele refletiu que não tinha ideia de como usar ou manter uma pistola, nem a mais remota noção, além do fato de que puxar o gatilho a fazia disparar. Deu-se conta de que estava sendo ridículo e de que precisava devolver a arma no dia seguinte sem falta.

Um florescente comércio de eletricidade estava em funcionamento na Londres escura, empreendido por aqueles que viviam em bolsões com energia, e Saeed e Nadia passaram a recarregar seus celulares de tempos em tempos, e caminhando nas bordas de seu distrito podiam captar um sinal forte, e, como tantos outros, eles ficavam por dentro do que acontecia no mundo dessa maneira, e uma vez, quando estava sentada nos degraus de um prédio lendo as notícias em seu celular, em frente a um contingente militar e um tanque, Nadia pensou ter visto on-line uma foto dela mesma sentada nos degraus de um prédio lendo as notícias em seu celular em frente a um contingente militar e um tanque, e se espantou, e se perguntou como aquilo podia acontecer, como ela podia ao mesmo tempo ler uma notícia e ser essa notícia, e como o jornal podia ter publicado aquela imagem dela instantaneamente, e olhou em torno em busca de um fotógrafo, e teve a sensação bizarra do tempo se dobrando ao seu redor, como se ela fosse do passado lendo sobre o futuro, ou do futuro lendo sobre o passado, e quase sentiu que, caso levantasse e saísse andando para casa naquele momento, haveria duas Nadias, ela estaria dividida em duas, e uma delas permaneceria nos degraus lendo e a outra caminharia para casa, e duas vidas diferentes se desenrolariam para aqueles dois diferentes eus, e achou que estava perdendo o equilíbrio, ou possivelmente o juízo, e então deu um zoom na imagem e viu que a mulher de manto preto lendo notícias no celular não era de modo algum ela mesma.

O noticiário naqueles dias estava repleto de guerra e migrantes e nativistas, e repleto também de rupturas, de regiões se separando de nações, de cidades se separando do campo, e parecia que, se todo mundo estava se juntando, todo mundo também estava se apartando. Sem fronteiras, nações pareciam estar se tornando um tanto ilusórias, e todos questionavam o papel que elas precisavam desempenhar. Muita gente sustentava que unidades menores faziam mais sentido, mas outras argumentavam que unidades menores não eram capazes de se defender.

Lendo as notícias naquela época a pessoa era tentada a concluir que a nação era como uma pessoa com múltiplas personalidades, algumas insistindo na união e outras na desintegração, e que essa pessoa com múltiplas personalidades era, ainda por cima, alguém cuja pele parecia estar se dissolvendo enquanto nadava num caldo cheio de outras pessoas cujas peles também se dissolviam. Mesmo a Grã-Bretanha não estava imune a esse fenômeno, na verdade alguns diziam que a Grã-Bretanha já havia se partido, como um homem cuja cabeça foi arrancada do corpo e no entanto permanece em pé, e outros diziam que a Grã-Bretanha era uma ilha, e as ilhas resistem, mesmo que as pessoas que vêm a elas mudem, e assim tinha sido por milênios e continuaria sendo por outros milênios.

A fúria daqueles nativistas que defendiam a matança indiscriminada era o que mais abalava Nadia, e a abalava porque soava tão familiar, tão parecida com a fúria dos militantes de sua própria cidade. Perguntava-se se ela e Saeed tinham de fato feito alguma coisa ao trocar de cidade, já que os rostos e edifícios tinham mudado, mas não a realidade básica de suas aflições.

Mas então, à sua volta, ela contemplou toda aquela gente de todas aquelas diferentes cores, vestindo todas aquelas diferentes roupas, e aquilo a aliviou, melhor aqui do que lá, pensou, e ocorreu-lhe que ela havia sufocado em sua terra natal por praticamente toda a vida, que seu tempo lá se esgotara, e que um novo tempo agora começava ali, naquela outra cidade e, preocupada ou não, saboreou aquilo como o vento em seu rosto num dia quente quando rodava de moto e erguia o visor do capacete e abraçava a poeira e a poluição e os pequenos insetos que às vezes lhe entravam na boca e a faziam engasgar e até mesmo cuspir, mas depois de cuspir abrir um sorriso largo, um sorriso selvagem.

Também para outros os portais vieram como uma libertação. Nos morros acima de Tijuana havia um orfanato chamado simplesmente de Casa das Crianças, talvez porque não fosse bem um orfanato. Ou não apenas um orfanato, embora fosse chamado assim pelos estudantes universitários do outro lado da fronteira que às vezes iam fazer trabalho voluntário ali: pintura, carpintaria, reboco e rejunte. Mas muitas das crianças da Casa das Crianças tinham pelo menos um pai ou mãe vivo, ou irmão, irmã, tio ou tia. Geralmente tais parentes trabalhavam do outro lado, nos Estados Unidos, e sua ausência duraria até que a última criança da família tivesse idade suficiente para tentar a travessia da fronteira, ou até que o parente estivesse esgotado o bastante para voltar, ou, com muita frequência, para sempre, porque a vida e seu final eram imprevisíveis, sobretudo à distância, onde a morte parece agir com uma pontaria um tanto caprichosa.

A Casa ficava no alto de um morro, em frente a uma rua.

Seu parquinho infantil, cercado de arame trançado e com piso parcialmente de concreto, ficava nos fundos, com vista para um vale crestado, para o qual se abriam também as outras moradias baixas daquela rua, algumas delas erguidas sobre estacas, como se avançassem para o mar, um efeito incongruente, dada a secura de todo o entorno. Mas o oceano Pacífico estava a apenas um par de horas de caminhada a oeste, e além disso as estacas faziam sentido por conta da inclinação do terreno.

De uma porta negra, numa cantina próxima, um lugar reconhecidamente atípico para uma moça como ela, emergia uma moça. O proprietário não se abalou muito com isso, pois os tempos eram assim, e a tal moça, logo que emergiu, levantou e partiu a passos firmes para o orfanato. Ali ela encontrou outra moça, ou melhor, uma menina crescida, e a moça abraçou a menina, a quem só reconheceu por tê-la visto em monitores eletrônicos, nas telas de celulares e computadores, durante muitos anos, e a menina abraçou sua mãe e em seguida ficou encabulada.

A mãe da menina encontrou com os adultos que dirigiam o orfanato, e com muitas das crianças, que a encaravam fixamente e tagarelavam como se ela fosse o sinal de alguma coisa, o que de fato era, já que, se ela tinha vindo, então outras também viriam. O jantar daquela noite, arroz e pasta de feijão, foi servido em pratos de papelão, numa fileira de mesas emendadas umas nas outras e flanqueadas por bancos, e a mãe sentou-se no centro, como um dignitário ou uma figura sagrada, e contou histórias que algumas das crianças, por ser crianças, imaginaram acontecendo com suas próprias mães, agora, ou antes, quando suas mães ainda estavam vivas.

A mãe que retornara naquele dia passou a noite no orfanato para que a filha pudesse se despedir. E então mãe e filha caminharam juntas até a cantina, e o proprietário as deixou entrar, balançando a cabeça mas também sorrindo, e o sorriso curvava seu bigode, por um momento tornando meio bobalhão seu semblante feroz, e num instante a mãe e a filha tinham partido.

Em Londres, Saeed e Nadia ficaram sabendo que tropas militares e paramilitares de todo o país tinham sido mobilizadas e colocadas em posição de combate na cidade. Imaginavam regimentos britânicos com nomes antigos e equipamentos modernos prestes a romper qualquer resistência que pudessem encontrar pela frente. Um grande massacre, tudo indicava, era iminente. Ambos sabiam que a batalha de Londres seria desoladamente unilateral, e como muitos outros eles já não se aventuravam a ir longe de casa.

A operação para limpar o gueto migrante em que Saeed e Nadia se encontravam começou mal, com um policial baleado na perna segundos depois que sua unidade invadiu um cinema ocupado perto do Marble Arch, e em seguida tiveram início os sons monótonos de um tiroteio, cada vez mais intensos, por todo lado, e Saeed, que foi surpreendido ao ar livre, correu de volta para casa e encontrou trancada a pesada porta da frente, e socou-a até que ela se abriu e Nadia o puxou para dentro e bateu a porta atrás dele.

Foram para o seu quartinho nos fundos, empurraram o colchão contra a janela, sentaram juntos num canto e esperaram. Ouviram helicópteros e mais tiros e apelos para evacuar pacificamente a área, bradados através de alto-falantes tão potentes que faziam o chão tremer, e viram pela fresta, entre o colchão e a janela, milhares de panfletos lançados do céu, e depois de um tempo viram fumaça e sentiram cheiro de queimado, depois tudo ficou em silêncio, mas a fumaça e o cheiro duraram um bom tempo, sobretudo o cheiro, que permaneceu mesmo depois que o vento mudou de direção.

Naquela noite circulou um rumor de que mais de duzentos migrantes tinham sido incinerados quando o cinema ardeu em chamas, crianças, mulheres e homens, mas especialmente crianças, muitas crianças, e fosse ou não verdade, esse ou qualquer um dos outros rumores — de carnificina no Hyde Park, ou em Earl's Court, ou perto da rotatória de Shepherd's Bush, migrantes morrendo aos montes —, o que quer que tivesse ocorrido, o fato é que alguma coisa parecia ter acontecido, pois houve uma pausa, e os soldados e policiais e voluntários que tinham avançado gueto adentro recuaram, e não houve mais fuzilaria naquela noite.

O dia seguinte foi pacífico, e o seguinte a este também, e no segundo dia de silêncio Saeed e Nadia afastaram o colchão da janela e se arriscaram a sair para procurar comida, mas não encontraram nada em lugar algum. Os armazéns e refeitórios populares estavam fechados. Alguns víveres chegavam através dos portais, mas estavam longe de ser suficientes. O conselho se reuniu e requisitou todas as provisões nas três casas, e elas foram racionadas, a maior parte ficando para as crianças, e Saeed e Nadia conseguiram um punhado de amêndoas cada um num dia e uma lata de arenque para dividir no dia seguinte.

Sentados na cama, eles ficaram observando a chuva e conversando como faziam tantas vezes sobre o fim do mundo, e Saeed se perguntou em voz alta mais uma vez se os nativos iriam de fato matá-los, e Nadia mais uma vez disse que os nativos estavam tão apavorados que podiam fazer qualquer coisa.

"Posso entender", ela disse. "Imagine se você vivesse aqui. E milhões de pessoas de todo o mundo chegassem de repente."

"Milhões chegaram ao nosso país", Saeed retrucou. "Quando havia guerras por perto."

"Aquilo era diferente. Nosso país era pobre. Não sentíamos que tínhamos muito a perder."

Do lado de fora, na sacada, a chuva caía em potes e baldes, e de tempos em tempos Saeed ou Nadia levantava, abria a janela e levava dois deles para o banheiro e os esvaziava na banheira, com o ralo tapado, juntando parte do que o conselho havia designado como suprimento de água de emergência da casa, agora que as torneiras estavam secas.

Nadia ficou observando Saeed e, não pela primeira vez, se perguntou se não o teria levado para o caminho errado. Raciocinou que talvez, no final das contas, ele estivesse em dúvida antes de deixarem a cidade deles, e que ela talvez pudesse tê-lo aconselhado a ficar em vez de partir, e considerou que ele basicamente era um homem bom e decente, e encheu-se naquele instante de compaixão por ele, enquanto observava seu rosto que fitava a chuva, e concluiu que nunca sentira nada tão forte na vida como sentira por Saeed naqueles momentos dos primeiros meses em que o amara com mais intensidade.

Saeed, por sua vez, queria poder fazer alguma coisa por Nadia, protegê-la do que pudesse vir pela frente, mesmo sabendo, em alguma medida, que amar é entrar na inevitabilidade de um dia não ser capaz de proteger aquilo que é mais valioso para a gente. Refletiu que ela merecia muito mais do que aquilo, mas não conseguia ver saída, pois eles tinham decidido não fugir, não jogar na loteria de outra jornada. Fugir para sempre ultrapassa a capacidade da maioria: em algum ponto até mesmo um animal caçado vai parar, exausto, e esperar por seu destino, nem que seja só por um tempo.

"O que você acha que acontece quando a gente morre?", Nadia perguntou.

"Você quer dizer depois da morte?"

"Não, não depois. No momento mesmo. As coisas simplesmente escurecem, como uma tela de celular quando é desligado? Ou a gente resvala para algo estranho e intermediário, como quando caímos no sono e ficamos ao mesmo tempo aqui e fora daqui?"

Saeed achava que dependia do modo como a pessoa morria. Mas viu que Nadia o encarava, esperando sua resposta, e então disse: "Penso que deve ser como cair no sono. A gente sonha antes de sumir de vez".

Era toda a proteção que podia oferecer a ela na ocasião. E ela sorriu diante disso, um sorriso terno e brilhante, e ele ficou sem saber se ela acreditava nele ou se pensava, não, querido, não é isso o que você pensa de jeito nenhum.

Mas uma semana se passou. E depois mais uma. E então os nativos e suas forças recuaram, afastando-se da fronteira.

Talvez tivessem decidido que não estava na natureza deles fazer o que teria sido necessário fazer — encurralar, sangrar e se preciso massacrar os migrantes — e tivessem deliberado que outro caminho deveria ser buscado. Talvez tivessem percebido que os portais não podiam ser fechados, e que novos portais continuariam se abrindo, e tivessem compreendido que a negação da coexistência exigiria que um dos lados deixasse de existir, e que o lado responsável pela extinção do outro seria também transformado no processo, e que depois muitíssimos pais nativos não seriam capazes de olhar seus filhos nos olhos, de falar a eles de cabeça erguida sobre o que sua geração tinha feito. Ou talvez o mero número de lugares onde agora havia portais tivesse tornado inútil lutar em qualquer um deles.

E assim, qualquer que fosse a razão, daquela vez a decência

venceu, e também a valentia, pois é preciso coragem para não atacar quando se está com medo, e a energia elétrica e a água voltaram, e as negociações começaram, e a notícia se espalhou, e em meio às cerejeiras do Palace Gardens Terrace, Saeed e Nadia e seus vizinhos comemoraram, comemoraram até tarde da noite.

Nove

Naquele verão, parecia a Saeed e Nadia que o planeta todo estava de mudança, grande parte do sul global se dirigia para o norte, mas também sulistas mudavam para outros lugares do sul e nortistas mudavam para outros lugares do norte. No outrora protegido cinturão verde em torno de Londres, um anel de novas cidades era construído, cidades que teriam capacidade para acomodar mais gente do que a própria Londres. Esse empreendimento recebeu o nome de London Halo, um dos inúmeros halos e satélites e constelações que brotaram no país e no mundo.

Era ali que Saeed e Nadia se encontravam naqueles meses mais quentes, num dos alojamentos de trabalhadores, labutando duro. Em troca de seu trabalho na limpeza de terreno, na construção de infraestrutura e na edificação de moradias com blocos pré-fabricados, migrantes recebiam a promessa de quarenta metros e um cabo: um lar em quarenta metros quadrados de terra e uma conexão com todos os recursos básicos da modernidade.

De comum acordo, um tributo variável com o tempo tinha sido estabelecido, de modo que uma porção do salário e do trabalho daqueles que tinham chegado recentemente à ilha iria para aqueles que estavam lá havia décadas, e esse tributo era calibrado em ambas as direções, tornando-se cada vez menor à medida que a pessoa continuava morando no país, e um subsídio cada vez maior a partir de certo tempo de residência. As desordens eram gigantescas, e o conflito não desapareceu da noite para o dia, e sim persistiu e fermentou, mas os relatos de sua persistência e fermentação não chegavam a ser apocalípticos, e embora alguns migrantes continuassem a ocupar propriedades que não eram suas de acordo com a lei, e alguns migrantes e nativistas continuassem a detonar bombas e a desferir facadas e tiros, Saeed e Nadia tinham a sensação de que, de modo geral, para a maioria das pessoas, pelo menos na Grã-Bretanha, a existência prosseguia em razoável segurança.

O campo de trabalhadores de Saeed e Nadia era circunscrito por uma cerca perimetral. Do lado de dentro havia grandes pavilhões feitos de um material cinzento que parecia plástico, sustentados por armações de metal de tal modo que ficavam empinados, arejados por dentro e resistentes ao vento e à chuva. Os dois ocupavam um pequeno espaço separado por cortinas num desses alojamentos, as cortinas penduradas em cabos quase tão altos quanto o alcance dos braços erguidos de Saeed, acima dos quais havia espaço vazio, como se a parte de baixo do alojamento fosse um labirinto sem teto, ou as salas de operação de um enorme hospital de campanha.

Comiam modestamente. Suas refeições eram compostas de grãos, verduras, alguns laticínios e, quando tinham sorte, suco de frutas ou um pouco de carne. Viviam levemente famintos, sim, mas dormiam bem porque o trabalho era prolongado e rigoroso. As primeiras moradias que os trabalhadores de seu alojamento tinham construído estavam quase prontas para ser ocupadas, e Saeed e Nadia não estavam muito embaixo na lista de postulantes, de modo que no final do outono eles podiam ter a expectativa de se mudar para uma casa própria. Suas bolhas tinham dado lugar a calos, e a chuva já não os incomodava tanto.

Uma noite, dormindo ao lado de Saeed no catre, Nadia teve um sonho, um sonho com a garota de Míconos, e sonhou que voltava à casa onde ela e Saeed se viram assim que chegaram em Londres e subia ao andar de cima e atravessava o portal de volta para a ilha grega, e quando Nadia acordou estava quase ofegando, e sentia seu corpo vivo, ou alarmado, em todo caso mudado, pois o sonho lhe parecera real ao extremo, e depois disso ela se pegava pensando em Míconos de tempos em tempos.

Saeed, por sua vez, sonhava frequentemente com o pai, cuja morte lhe tinha sido informada por um primo que conseguira há pouco fugir da cidade deles, e com quem Saeed se conectara pelas redes sociais. Esse primo, que se instalara perto de Buenos Aires, disse a Saeed que seu pai morrera de pneumonia, uma infecção renitente com a qual ele lutara durante meses, no começo apenas um resfriado, mas depois se agravando muito, e na ausência de antibióticos ele acabara sucumbindo, mas não ficara sozinho; seus irmãos tinham estado a seu lado, e ele fora enterrado junto à esposa, como desejava.

Saeed não sabia como ficar de luto, como expressar seu remorso, de uma distância tão grande. Sendo assim, começou a trabalhar dobrado, e assumiu turnos extras mesmo quando quase já não tinha forças, e a espera para que Nadia e ele recebessem sua moradia não diminuiu, tampouco aumentou, pois outros maridos e esposas e mães e pais e homens e mulheres estavam fazendo turnos extras também, e os esforços adicionais de Saeed só serviam para manter a posição dele e de Nadia na lista.

Nadia ficou profundamente abalada com a notícia da morte do velho, mais até do que esperava. Tentava conversar com Saeed sobre o pai dele, mas tropeçava nas palavras, e de sua parte Saeed ficava em silêncio, inacessível. Sentia-se atingida pela culpa de vez em quando, embora não soubesse muito bem o que a fazia se sentir culpada. Tudo o que sabia era que, quando vinha esse sentimento, era um alívio estar afastada de Saeed, pois trabalhavam em locais separados, um alívio desde que ela não pensasse muito no assunto, não pensasse que estava aliviada por não estar com ele, porque quando pensava nisso a culpa geralmente continuava por perto.

Saeed não pediu a Nadia que rezasse com ele por seu pai, e ela não se ofereceu para isso, mas quando ele estava reunindo um círculo de conhecidos para rezar na longa sombra do crepúsculo projetada pelo seu alojamento, ela disse que gostaria de se juntar ao círculo, de sentar com Saeed e com os outros, mesmo que não participasse da oração propriamente dita, e ele sorriu e disse que não era necessário. E ela não teve resposta para isso. Mas de todo modo ficou perto dele na terra batida que tinha sido despojada de vegetação por centenas de milhares de pés humanos e pelos pneus de veículos extremamente pesados, sentindo-se pela primeira vez mal acolhida. Ou talvez deslocada. Ou talvez as duas coisas.

Para muitos, a adaptação àquele novo mundo foi de fato muito difícil, mas para alguns foi também inesperadamente prazerosa.

No Prinsengracht, no centro de Amsterdam, um homem idoso saiu à sacada de seu pequeno apartamento, um entre as dúzias em que haviam se convertido um par de casarões seculares e antigos armazéns à beira do canal, aqueles apartamentos com vista para um pátio de folhagem exuberante como uma floresta tropical, verde e úmida, naquela cidade aquática, e o musgo crescia nos umbrais de madeira de sua sacada, e samambaias também, e gavinhas escalavam seus flancos, e ali ele tinha duas cadeiras, duas cadeiras de épocas passadas, quando havia duas pessoas morando em seu apartamento, embora agora só houvesse uma, já que sua última amante o abandonara amargamente, e ele se sentou numa daquelas cadeiras e delicadamente enrolou para si um cigarro, com os dedos trêmulos, o papel estalando mas com um toque de maciez, por conta da umidade, e o cheiro do tabaco o fez recordar como sempre seu falecido pai, que ouvia com ele na vitrola discos de aventuras de ficção científica, e pilava o fumo no cachimbo e dava suas baforadas, enquanto criaturas marinhas atacavam um grande submarino, os sons do vento e das ondas na gravação misturando-se com os sons da chuva na janela deles, e o velho que então era um menino tinha pensado, quando eu crescer também vou fumar, e ali estava ele, um fumante por mais de meio século, prestes a acender um cigarro, quando viu emergir do pequeno depósito comum no pátio, onde eram guardadas ferramentas de jardinagem e coisas do tipo, e onde agora havia um fluxo contínuo de estrangeiros entrando e saindo, um homem encarquilhado e estrábico, com uma bengala e um chapéu-panamá, vestido como se estivesse nos trópicos.

O homem idoso olhou para aquele homem encarquilhado e não abriu a boca. Limitou-se a acender o cigarro e a dar uma tragada. O homem encarquilhado também não falou: caminhou devagar pelo pátio, apoiando-se na bengala, que fazia um ruído rascante no cascalho do caminho. Então, o homem encarquilhado deu meia-volta para entrar de novo no depósito, mas antes de partir voltou-se para o homem idoso, que o vinha observando com certo grau de desdém, e elegantemente cumprimentou-o tirando o chapéu.

O homem idoso foi pego de surpresa por aquele gesto, e

permaneceu imóvel em sua cadeira, como que paralisado, e, antes que pudesse pensar em como responder, o homem encarquilhado retomou seu passo e sumiu de vista.

No dia seguinte a cena se repetiu. O homem idoso estava sentado em sua sacada. O homem encarquilhado voltou. Encararam um ao outro. E dessa vez, quando o homem encarquilhado cumprimentou com o chapéu, o homem idoso ergueu um copo para ele, um copo de vinho fortificado, que por acaso estava bebendo, e fez isso com um sério mas cortês aceno de cabeça. Nenhum dos dois sorriu.

No terceiro dia o homem idoso perguntou ao homem encarquilhado se não queria se juntar a ele em sua sacada, e embora o homem idoso não soubesse falar português do Brasil e o homem encarquilhado não falasse holandês, forjaram juntos uma conversa, uma conversa cheia de longos hiatos, mas esses hiatos eram notavelmente confortáveis, quase despercebidos pelos dois, como duas árvores muito velhas não notariam alguns minutos ou horas transcorridos sem uma brisa.

Em sua visita seguinte, o homem encarquilhado convidou o homem idoso para atravessar com ele o portal negro que havia no depósito. O homem idoso fez isso, caminhando devagar, a exemplo do homem encarquilhado, e do outro lado daquele portal o homem idoso se viu ajudado a ficar de pé pelo homem encarquilhado no bairro íngreme de Santa Teresa, no Rio de Janeiro, num dia visivelmente mais jovem e mais quente que o dia que ele havia deixado em Amsterdam. Ali o homem encarquilhado conduziu-o por trilhos de bonde até o ateliê onde trabalhava, e mostrou-lhe algumas de suas pinturas, e o homem idoso estava enlevado demais com tudo o que estava acontecendo para ser objetivo, mas julgou que naqueles quadros havia a marca do verdadeiro talento. Perguntou se podia comprar um, mas em vez disso ganhou de presente aquele que escolheu.

Uma semana depois, uma fotógrafa de guerra que vivia num apartamento no Prinsengracht com vista para o mesmo pátio foi a primeira moradora da vizinhança a notar a presença daquele casal de velhos na sacada que ficava diante da sua, um pouco mais abaixo. Foi também, não muito depois, e para sua considerável surpresa, testemunha do primeiro beijo dos dois, que ela captou, sem prévia intenção, pelas lentes de sua câmera, e depois deletou, naquela mesma noite, num gesto incomum de sentimentalidade e respeito.

Às vezes alguém da imprensa aparecia no alojamento ou no canteiro de obras de Saeed e Nadia, mas com maior frequência os próprios forasteiros radicados ali documentavam e postavam on-line o que estava acontecendo. Como de costume, os desastres eram o que mais atraía o interesse externo, por exemplo um ataque nativista que danificasse as máquinas ou destruísse unidades de moradia quase concluídas ou que resultasse em espancamento brutal de alguns operários que tivessem se afastado demais do alojamento. Ou, inversamente, o esfaqueamento de um contramestre nativo por um migrante ou uma escaramuça entre grupos rivais de migrantes. Mas em geral havia pouca coisa a relatar, apenas as atividades cotidianas de incontáveis pessoas trabalhando e vivendo e envelhecendo e amando e desamando, como é o caso em toda parte, e, portanto, não consideradas dignas de manchetes ou de muito interesse para quem não estivesse diretamente envolvido.

Nenhum nativo vivia nos alojamentos, por motivos óbvios. Mas havia, sim, nativos trabalhando lado a lado com migrantes nos canteiros de obras, geralmente como supervisores ou operadores de máquinas pesadas, veículos gigantes que pareciam dinossauros mecanizados e erguiam quantidades enormes de terra ou alisavam com seu rolo faixas de asfalto quente ou mexiam concreto com a lenta serenidade de uma vaca ruminando. Claro que Saeed já tinha visto antes equipamento de construção, mas o que ele via agora fazia parecer minúsculo em comparação a tudo o que vira anteriormente, e em todo caso trabalhar junto a um resfolegante guindaste de construção não é a mesma coisa que observar um à distância, assim como um tanque de guerra é bem diferente para um soldado de infantaria que corre junto a ele numa batalha e para um menino que o observa num desfile.

Saeed trabalhava numa equipe de construção de estradas. Seu contramestre era um nativo instruído e experiente com alguns curtos tufos de cabelo branco ladeando uma cabeça predominantemente careca que estava sempre coberta por um capacete, a menos que ele estivesse enxugando o suor no final do dia. Esse contramestre era claro e forte e tinha uma fisionomia severa e angustiada. Não conversava amenidades, mas, ao contrário de muitos nativos, comia seu almoço entre os migrantes que trabalhavam sob seu comando e parecia gostar de Saeed, ou, se não chegava a gostar, parecia pelo menos valorizar sua dedicação, e frequentemente sentava ao seu lado no almoço. Saeed tinha a vantagem adicional de estar entre os operários que falavam inglês e com isso ocupava um status intermediário entre o contramestre e os outros da equipe.

A equipe era das grandes, havendo um excesso de mão de obra para a quantidade de máquinas disponíveis, e o contramestre estava o tempo todo concebendo meios de usar tantas pessoas de modo eficiente. Em certo sentido, ele se sentia colhido entre o passado e o futuro, o passado porque quando iniciara sua carreira o equilíbrio de tarefas pesava similarmente mais para o lado do trabalho manual, e o futuro porque quando olhava à sua volta agora, na escala quase inimaginável do que estavam realizando, sentia que estavam remodelando a própria Terra.

Saeed admirava seu contramestre, que tinha aquela espécie de carisma silencioso em torno do qual os rapazes não raro gravitam, e parte desse carisma repousava em sua falta aparentemente absoluta de interesse em ser admirado. Além disso, para Saeed e para muitos outros da equipe, o contato com o contramestre era o mais próximo e continuado dos contatos com qualquer nativo, e por isso o encaravam como se fosse a chave para compreender aquele seu novo lar, com seu povo, seus modos e seus hábitos, o que de certo modo ele era mesmo, embora evidentemente a própria presença deles ali significasse que o povo, os modos e hábitos daquele lugar estavam sofrendo uma considerável mudança.

Uma vez, quando se aproximava o anoitecer e a jornada de trabalho chegava ao fim, Saeed foi até o contramestre e lhe agradeceu por tudo o que estava fazendo pelos migrantes. O contramestre não disse nada. Naquele instante Saeed se lembrou dos soldados que havia visto em sua cidade natal, voltando de licença da batalha, os quais, quando alguém os importunava exigindo contar histórias de onde tinham estado e do que tinham feito, olhavam para a pessoa como se ela não tivesse nem ideia da enormidade que estava pedindo.

No dia seguinte, Saeed acordou antes do amanhecer, com o corpo duro e tenso. Tentou não se mexer, por consideração a Nadia, mas abriu os olhos e percebeu que ela estava acordada. Seu primeiro instinto foi fazer de conta que ainda dormia — estava exausto, afinal de contas, e podia ter ficado mais tempo na cama sem ser perturbado —, mas a ideia dela ali deitada, sentindo-se sozinha, não era agradável, e além disso ela talvez notasse o subterfúgio. Então ele se virou para ela e perguntou, num sussurro: "Quer dar uma saída?".

Ela fez que sim com a cabeça sem olhar para ele, e cada um deles levantou e sentou de costas para o outro, em lados opostos do catre, e lutaram na penumbra para enfiar os pés nas botas de trabalho. Os cadarços chiaram ao ser apertados e amarrados. Podiam ouvir a respiração, as tosses, uma criança chorando e o som crispado do sexo silencioso. A tênue claridade da iluminação noturna do pavilhão era da intensidade de uma lua crescente: o bastante para permitir o sono, mas também o bastante para distinguir as formas, ainda que não as cores.

Saíram para o ar livre. O céu tinha começado a mudar, e agora estava mais azul do que escuro, e havia outras pessoas espalhadas em volta, outros casais e grupos, mas em sua maioria figuras solitárias, incapazes de dormir, ou pelo menos de continuar dormindo. Estava fresco, mas não frio, e Nadia e Saeed ficaram em pé lado a lado, sem se dar as mãos, mas sentiam a leve pressão de seus braços encostados, através do tecido das mangas.

"Estou tão cansada esta manhã", Nadia disse.

"Eu sei", Saeed disse. "Eu também."

Nadia queria dizer mais do que isso a Saeed, mas justo naquele momento sentiu a garganta inflamada, quase dolorida, e fosse o que fosse que ela queria dizer, não conseguiu chegar até sua língua e seus lábios.

Saeed também tinha coisas na cabeça. Sabia que podia dizê-las a Nadia agora. Sabia que deveria dizê-las a Nadia agora, pois tinham tempo e estavam juntos e não tinham outras distrações. Mas, assim como ela, não conseguiu juntar forças para falar.

Sendo assim, em vez disso, caminharam, Saeed dando o primeiro passo, e Nadia indo atrás, e então ambos saíram andando lado a lado a passos largos, em bom ritmo, de tal maneira que aqueles que os viam podiam tomá-los por uma dupla de operários marchando, não por um casal dando um passeio. O alojamento estava desolado àquela hora, mas havia pássaros em volta, um grande número deles, voando ou empoleirados nos edifícios e na cerca perimetral, e Nadia e Saeed ficaram contemplando aqueles pássaros que tinham perdido ou logo iriam perder suas árvores para as construções, e Saeed às vezes os chamava com um assopro suave, liso e sibilante, como um balão se esvaziando lentamente.

Nadia ficou alerta para ver se algum pássaro notava o chamado dele, mas nenhum pareceu lhe dar atenção durante todo o passeio.

Nadia trabalhava numa equipe predominantemente feminina que assentava cabos flexíveis, carretéis colossais deles em diferentes cores: laranja, amarelo, preto, verde. Por aqueles cabos logo correriam a seiva vital e os pensamentos da nova cidade, todas aquelas coisas que conectam as pessoas sem que elas precisem se mover. À frente da equipe de assentadores de cabos ia uma escavadeira, como uma aranha-lobo ou um louva-a-deus, de pés afastados e um par de apêndices de aparência ameaçadora na frente, conectados um ao outro numa raspadeira fortificada perto de onde seria a boca. Essa escavadeira cavava as valas nas quais os assentadores estenderiam, encaixariam e conectariam os cabos desenrolados dos carretéis.

O operador da escavadeira era um corpulento nativo com uma esposa não nativa, uma mulher que parecia nativa a Nadia, mas que, segundo constava, tinha vindo duas décadas antes de um país próximo, e que muito possivelmente preservara um traço de seu sotaque ancestral, mas os nativos tinham tantos sotaques diferentes que Nadia não tinha como saber. A mulher trabalhava nas proximidades, como supervisora de uma das unidades de preparação de alimentos, e vinha até o canteiro de obras de Nadia em sua hora de almoço quando o marido estava lá, o que não era sempre, porque ele cavava valas para várias equipes de assentamento de cabos, e então a mulher e seu marido desembrulhavam sanduíches e desatarraxavam garrafas térmicas e comiam e conversavam e riam.

Com o passar do tempo, Nadia e algumas das outras mulheres da equipe passaram a se juntar a eles, que eram muito receptivos. O operador de escavadeira revelou-se um grande conversador e piadista, e gostava de receber atenção, e a esposa parecia gostar também, embora falasse menos, mas parecia sentir prazer ao ver todas aquelas mulheres ouvindo enlevadas o seu marido. Talvez isso fizesse a estatura dele crescer aos olhos dela. Nadia, que observava e sorria e geralmente quase não falava nessas reuniões, via o casal um pouco como a rainha e o rei de um território habitado só por mulheres, um reino transitório que duraria umas poucas estações curtas, e se perguntava se eles não estariam pensando a mesma coisa e, não obstante, tivessem decidido saborear a situação.

Dizia-se que a cada mês havia mais complexos de alojamentos operários ao redor de Londres, mas, mesmo sendo verdade, Saeed e Nadia notavam um inchaço quase diário de seu próprio alojamento com a chegada de novos ocupantes. Alguns vinham a pé, outros em ônibus ou vans. Em seus dias de folga, os trabalhadores eram incentivados a ajudar a ampliar o complexo, e Saeed frequentemente se apresentava como voluntário para ajudar a receber e a instalar os recém-chegados.

Uma vez ele ficou responsável por uma pequena família, mãe, pai e filha, três pessoas cuja pele era tão clara que parecia nunca ter visto o sol. Ficou impressionado com os cílios deles, que retinham a luz de modo improvável, e com suas mãos e bochechas, em que era possível ver redes de minúsculas veias.

Perguntava-se de onde eles teriam vindo, mas não falava sua língua e eles não falavam inglês, e não quis bisbilhotar.

A mãe era alta, de ombros estreitos, tão alta quanto o pai, e a filha era uma versão um tantinho menor da mãe, quase da mesma altura de Saeed, embora ele suspeitasse que ela era ainda muito nova, provavelmente com não mais que treze ou catorze anos. Eles o observavam com desconfiança e angústia, e Saeed tinha o cuidado de falar e se mover devagar, como quando se lida pela primeira vez com um cavalo nervoso ou um filhote de cachorro.

Ao longo da tarde que passou com eles, Saeed raramente os ouviu conversar entre si no que ele julgava ser sua estranha língua. Em geral comunicavam-se por gestos ou por olhares. Primeiro Saeed imaginou que talvez temessem que ele pudesse compreendê-los. Mais tarde suspeitou de outra coisa. De que estivessem envergonhados e ainda não soubessem que a vergonha, para os refugiados, era um sentimento comum, e que não era vergonha nenhuma sentir vergonha.

Levou-os até o espaço que lhes cabia num dos novos alojamentos, desocupado e básico, com um catre e algumas prateleiras pendentes de um dos cabos, e deixou-os ali para que se instalassem, e os três ficaram imóveis e de olhos arregalados. Mas, quando ele retornou uma hora depois para levá-los para almoçar na tenda-refeitório, e, atendendo a seu chamado, a mãe puxou de lado o pano que lhes servia de porta de entrada, e ele deu uma olhada dentro, o que viu foi um lar, com as prateleiras todas ocupadas, e esmeradas pilhas de pertences no chão, e uma manta no catre, e também sobre o catre a filha, de costas sem apoio mas eretas, as pernas cruzadas na altura das canelas, de modo que as coxas repousavam sobre os pés, e em seu colo um caderno de anotações ou diário, no qual ela estava escrevendo furiosamente até o último momento, quando sua mãe a chamou pelo nome, e o qual ela fechou então e trancou com uma chave que trazia num cordão em torno do pescoço, e foi até uma das pilhas de pertences que deviam ser seus, e enfiou o diário no meio da pilha para deixá-lo escondido ali.

Ela se perfilou atrás dos pais, que acenaram com a cabeça a Saeed em agradecimento, e ele deu meia-volta e os conduziu para fora daquele lugar, um lugar que já estava começando a ser deles, rumo a outro onde poderiam ter a certeza de encontrar uma refeição.

As noites de verão no hemisfério Norte eram intermináveis. Saeed e Nadia não raro adormeciam antes de escurecer totalmente, e antes de ir para a cama eles muitas vezes se sentavam no chão, de costas para o alojamento, com seus celulares, navegando para longe, mas não juntos, embora parecessem estar juntos, e às vezes ele ou ela erguia os olhos e sentia no rosto o vento soprando pelos campos devastados em volta.

Atribuíam a falta de conversa à exaustão, pois no fim do dia geralmente estavam tão cansados que mal conseguiam falar, e os próprios celulares tinham o poder intrínseco de afastar a pessoa de seu entorno, o que desempenhava um papel naquilo, mas Saeed e Nadia não tocavam mais um ao outro quando deitavam na cama, não daquele jeito, e não porque seu espaço cortinado não parecesse inteiramente privado, ou não apenas por isso, e quando chegavam a conversar mais longamente, eles, um casal outrora não inclinado às desavenças, tendiam a discutir, como se seus nervos estivessem tão à flor da pele que encontros prolongados provocavam uma sensação de dor.

Toda vez que um casal se muda, cada um dos dois, caso ainda tenha sua atenção voltada para o outro, começa a ver o outro de maneira diferente, pois as personalidades não são de uma cor única e imutável, como branco ou azul, mas antes telas iluminadas, e os matizes que refletimos dependem muito do que está à nossa volta. Assim foi com Saeed e Nadia, que se viram modificados aos olhos um do outro naquele novo lugar.

Para Nadia, Saeed, se tinha mudado, estava mais bonito do que antes, o trabalho duro e a magreza lhe caíam bem, dando-lhe um ar contemplativo, convertendo sua aparência juvenil na de um homem de substância. Notava outras mulheres olhando para ele de tempos em tempos, e, no entanto, ela própria se sentia estranhamente indiferente à sua beleza, como se ele fosse uma rocha ou uma casa, algo que ela podia até admirar, mas sem sentir qualquer desejo verdadeiro.

Ele tinha agora dois ou três fios brancos em sua barba rente, recém-chegados naquele verão, e orava com mais regularidade, toda manhã e toda noite, e talvez em seus intervalos de almoço também. Quando abria a boca era para falar de pavimentação e posições em listas de espera e política, mas não de seus pais, e não mais de viagens, de todos os lugares que um dia eles poderiam conhecer juntos, ou das estrelas.

Aproximava-se de gente do seu país, tanto no campo de trabalho quanto on-line. Nadia tinha a impressão de que, quanto mais eles se afastavam de sua cidade natal, no espaço e no tempo, mais ele buscava estreitar sua ligação com ela, amarrando cordas no ar de uma época que para ela estava inequivocamente superada.

Para Saeed, Nadia seguia muito parecida com o que era quando eles se conheceram, vale dizer, extremamente atraente, ainda que imensamente mais exausta. Mas era inexplicável que ela continuasse a vestir seus mantos pretos, e isso o irritava um pouco, pois ela não orava, e evitava falar na língua deles, e evitava sua gente, e às vezes ele queria gritar, tira essa coisa então, mas então estremecia por dentro, já que acreditava amá-la, e seu ressentimento, quando vinha assim à tona, fazia com que tivesse raiva de si mesmo, do homem em que parecia estar se transformando, um homem nada romântico, não o tipo de homem que, na opinião dele, devia aspirar a ser.

Saeed queria sentir por Nadia o que sempre sentira por ela, e a potencial perda desse sentimento deixava-o sem âncora, à deriva num mundo onde uma pessoa podia ir a qualquer parte sem, no entanto, encontrar coisa alguma. Tinha certeza de que gostava dela e desejava-lhe tudo de bom e queria protegê-la. Ela era a totalidade da sua família agora, e ele valorizava a família acima de tudo, e quando a ternura entre eles pareceu diminuir, seu pesar foi imenso, tão imenso que ele não sabia ao certo se todas as suas perdas não estavam combinadas num núcleo de perda, e esse núcleo, esse centro, a morte de sua mãe e a morte de seu pai e a possível morte de seu próprio eu ideal que tanto amara sua mulher, era como uma única morte que só o trabalho duro e as orações poderiam permitir que ele suportasse.

Saeed fazia questão de sorrir com Nadia, pelo menos às vezes, e tinha a esperança de que ela sentisse algo terno e afetuoso quando ele sorria, mas o que ela sentia era tristeza e a sensação de que eles eram melhores que aquilo, e de que juntos precisavam encontrar uma saída.

E então, quando ela sugeriu um dia, assim do nada, sob o céu cruzado por drones e na rede invisível de vigilância que se irradiava de seus celulares, registrando e captando e transmitindo tudo, que eles abandonassem aquele lugar e abrissem mão de sua posição na lista de espera de moradia, e de tudo o que haviam construído ali, e que atravessassem um portal nas proximidades, do qual ela ouvira falar, para a nova cidade de Marin, no oceano Pacífico, perto de San Francisco, ele não discutiu, nem sequer resistiu, como ela esperava que ele fizesse, e em vez disso disse sim, e ambos se encheram de esperança, esperança de que seriam capazes de reacender sua relação, de se reconectar com ela, como acontecia não muito tempo antes, e de evitar, atravessando uma distância que cobria um terço do globo, o que ela parecia estar correndo o risco de se tornar.

Dez

Em Marin, quanto mais altos os morros, menos serviços havia, mas o cenário era melhor. Nadia e Saeed eram relativamente retardatários entre os que tinham chegado àquela nova cidade, e as partes mais baixas dos morros já tinham sido tomadas, de modo que eles encontraram um local bem no alto, com vista para a Golden Gate Bridge de San Francisco e a baía, quando estava claro, e com vista para ilhas espalhadas flutuando num mar de nuvens, quando a névoa se adensava.

Construíram um barraco com teto de metal corrugado e paredes feitas de madeira de caixotes. Conforme explicaram seus vizinhos, esses materiais eram bons em caso de terremoto: podiam desabar num tremor, mas não era provável que machucassem muito seus ocupantes, já que pesavam relativamente pouco. Os sinais de internet sem fio eram fortes, e eles providenciaram uma placa solar e um carregador de bateria com uma saída universal, que aceitava *plugs* do mundo todo, e um coletor de água de chuva feito de tecido sintético e um balde, e coletores de orvalho que se encaixavam dentro de garrafas de plástico como filamentos de lâmpadas de cabeça para baixo, e assim a vida, ainda que despojada, não era tão dura, nem tão carente, como poderia ter sido se não fossem esses recursos.

Vista do barraco deles a névoa era uma coisa viva: movendo-se, adensando-se, deslizando, rarefazendo-se. Ela revelava o invisível, o que estava acontecendo na água e no ar, pois de repente o calor, o frio e a umidade não eram só sentidos na pele, mas podiam ser vistos através de seus efeitos atmosféricos. Parecia a Nadia e Saeed que, de algum modo, eles viviam ao mesmo tempo no oceano e entre os píncaros.

Para trabalhar Nadia caminhava morro abaixo, atravessando primeiro outros distritos sem redes de água e eletricidade como o deles, depois aqueles onde a rede elétrica tinha sido instalada, e finalmente aqueles onde as ruas e a água encanada tinham chegado, e dali ela tomava um ônibus ou uma van até o local do seu emprego, uma cooperativa de alimentos numa zona comercial construída às pressas na periferia de Sausalito.

Marin era esmagadoramente pobre, sobretudo em comparação com a riqueza cintilante de San Francisco. Mas havia, mesmo assim, um espírito de otimismo no mínimo esporádico que se recusava a morrer por completo em Marin, talvez porque Marin fosse menos violenta que a maior parte dos lugares dos quais seus moradores tinham fugido, ou por causa da vista, de sua posição na extremidade de um continente, a cavaleiro do maior oceano do mundo, ou por causa da mistura de sua gente, ou de sua proximidade àquele reino de vertiginosa tecnologia que se estendia baía abaixo como um polegar torto, sempre posicionado de maneira a encontrar o dedo curvado de Marin num gesto levemente achatado de que tudo ficaria o.k.

Uma noite Nadia trouxe do trabalho um pouco de maconha que uma colega lhe dera. Não sabia como Saeed reagiria, e ela se deu conta desse detalhe durante sua caminhada de volta para casa. Na sua cidade natal eles tinham fumado baseados com prazer juntos, mas desde então havia passado um ano, e nesse período ele havia mudado, e talvez ela também, e a distância que se formara entre os dois era tamanha que coisas antes muito simples podiam já não ter nada de simples.

Saeed estava mais melancólico do que o habitual, o que era compreensível, e também mais calado e devoto. Nadia às vezes tinha a sensação de que toda aquela reza dele não era neutra em relação a ela, na verdade ela suspeitava que aquilo trouxesse consigo um toque de reprimenda, embora não soubesse dizer por que sentia isso, pois ele nunca lhe pedira que rezasse nem a repreendera por não rezar. Mas na devoção religiosa dele havia cada vez mais veneração, e em relação a ela parecia haver cada vez menos.

Considerou a possibilidade de enrolar um baseado fora da casa e fumá-lo sozinha, sem Saeed, escondida dele, e o fato de cogitar isso a surpreendeu e a fez refletir sobre as maneiras pelas quais ela própria estava colocando barreiras entre os dois. Não sabia se essas fissuras que vinham se alargando eram produzidas mais por ela ou por Saeed, mas sabia que ainda sentia ternura por ele, então levou a maconha para casa, e foi só quando se sentou ao seu lado no assento do carro que haviam conseguido num escambo e agora usavam como sofá que ela percebeu, por seu próprio nervosismo, que o modo como naquele momento ele reagiria à maconha era fruto de um significado extraordinário para ela.

Sua perna e seu braço tocavam a perna e o braço de Saeed, e ele estava quente sob o tecido e se sentava de um modo que denotava exaustão. Mas ele também conseguiu dar um sorriso cansado, o que era encorajador, e quando ela abriu o punho para revelar o que havia dentro, como fizera uma vez no terraço de seu apartamento naquilo que parecia uma vida passada, ao ver a erva ele começou a rir, quase sem som, um ronco suave, e disse, com a voz se desenrolando como uma lenta e lânguida exalação de fumaça de maconha: "Fantástico".

Saeed enrolou o baseado para os dois, Nadia mal segurando o júbilo, e querendo abraçá-lo, mas se contendo. Ele acendeu e eles consumiram o cigarro, os pulmões ardendo, e a primeira coisa que chamou a atenção dela foi que aquela erva era bem mais forte que o haxixe da sua terra natal, e sentiu-se nocauteada por seus efeitos, e também prestes a ficar um pouco paranoica, com dificuldade de falar.

Por um momento ficaram sentados em silêncio, enquanto a temperatura exterior despencava. Saeed foi buscar um cobertor e se enrolaram nele. E então, sem olhar um para o outro, começaram a rir, e Nadia riu até chorar.

Em Marin quase não havia nativos, pois tinham morrido ou sido exterminados muito tempo antes, e só eram vistos ocasionalmente, em mercadinhos improvisados — ou talvez até com certa frequência, mas escondidos em roupas, aparências e comportamentos que os tornavam indistinguíveis das outras pessoas. Nos mercadinhos eles vendiam lindas joias de prata, acessórios macios de couro e tecidos multicoloridos, e os mais velhos não raro pareciam possuir uma paciência ilimitada, bem como uma tristeza ilimitada. Em tais lugares contavam-se histórias que pessoas de toda parte se juntavam para ouvir, porque as histórias daqueles nativos pareciam adequadas àquela época de migrações e davam aos ouvintes um amparo valioso.

E, no entanto, não era muito certo dizer que quase não

havia nativos, pois a condição de nativo era relativa, e muitos outros se consideravam nativos daquele país, querendo dizer com isso que eles ou seus pais ou avós ou avós dos avós tinham nascido na faixa de terra que se estendia do meio do Pacífico norte ao meio do Atlântico norte, e que sua existência ali não devia coisa alguma a uma migração física que tivesse ocorrido durante sua existência. Saeed tinha a impressão de que as pessoas que defendiam essa posição com mais veemência, que reivindicavam mais impetuosamente sua condição nativa, costumavam provir das fileiras daqueles de pele clara que mais pareciam nativos da Grã-Bretanha — e, a exemplo de muitos dos nativos da Grã-Bretanha, muitas dessas pessoas também pareciam aturdidas com o que estava acontecendo em sua terra natal, com o que havia acontecido num período tão breve, e algumas pareciam estar furiosas também.

Uma terceira camada de nativos era composta por aqueles que os outros julgavam ser descendentes diretos, mesmo que numa fração minúscula de seus genes, dos seres humanos que tinham sido trazidos da África àquele continente séculos antes, como escravos. Ainda que essa camada de nativos não fosse muito grande em proporção ao resto, tinha enorme importância, pois a sociedade se moldara em reação a ela, e uma violência indizível fora cometida contra ela, e no entanto ela resistira, fértil, como um estrato de solo que talvez tornasse possíveis todos os futuros solos transplantados, e em relação a ela Saeed sentia-se particularmente atraído, já que, num lugar de culto ao qual comparecera numa sexta-feira, a oração coletiva fora comandada por um homem que vinha daquela tradição e falava daquela tradição, e Saeed descobrira, nas semanas que passara com Nadia em Marin, que as palavras daquele homem estavam repletas de uma sabedoria que confortava a alma.

O pregador era um viúvo, e sua esposa tinha vindo do mesmo continente de Saeed, e por isso o pregador conhecia um pouco da língua de Saeed, e sua abordagem da religião era em parte familiar a Saeed, e em parte uma novidade também. O pregador não apenas pregava. Sua ocupação principal era alimentar e abrigar seus fiéis, além de ensinar-lhes inglês. Dirigia uma organização pequena mas eficiente tocada por voluntários, rapazes e moças, todos da cor de Saeed ou mais escuros, aos quais Saeed também se juntou, e em meio àqueles rapazes e moças com quem Saeed agora trabalhava lado a lado havia uma mulher em particular, a filha do pregador, de cabelo encaracolado que ela usava amarrado com um pano no alto da cabeça, e com essa mulher em particular Saeed evitava conversar, porque cada vez que olhava para ela sentia a respiração apertar, e pensava em Nadia com sentimento de culpa, e pensava além disso que ali, para ele, repousava algo melhor e ainda totalmente inexplorado.

Nadia percebeu a presença daquela mulher não na forma de um distanciamento da parte de Saeed, como seria de esperar, mas sim como contato e calor. Saeed parecia mais alegre e ávido por fumar baseados com Nadia ao final do dia, ou pelo menos compartilhar um par de baforadas, pois tinham limitado seu consumo em reconhecimento à potência da erva local, e passaram a conversar de novo sobre trivialidades, sobre viagens e as estrelas e nuvens e a música que ouviam à sua volta, vinda dos outros barracos. Ela sentia sinais do antigo Saeed voltando.

Desejava, portanto, poder voltar a ser a antiga Nadia. Mas por mais que ela apreciasse as conversas e a melhora do clima entre os dois, eles raramente se tocavam, e seu desejo de ser tocada por ele, apagado por muito tempo, não voltou a se acender. Nadia tinha a sensação de que algo se aquietara dentro de si. Falava com Saeed, mas suas palavras soavam amortecidas aos seus próprios ouvidos. Deitava ao lado de Saeed, caindo no sono, mas não desejando as mãos dele, ou a boca, em seu corpo — bloqueada, como se Saeed estivesse se tornando seu irmão, ainda que, por não ter tido um irmão de verdade, ela não soubesse bem o que a palavra significava.

Não é que a sensualidade dela, seu sentido do erótico, tivesse morrido. Surpreendia-se excitada de repente, por um homem lindo que atravessasse seu caminho de volta para casa, por recordações do músico que tinha sido seu primeiro amor, por lembranças da garota de Míconos. E às vezes, quando Saeed estava fora ou dormindo, ela satisfazia a si mesma, e ao fazer isso pensava cada vez mais naquela garota, a garota de Míconos, e a força de suas reações já não a surpreendia mais.

Quando Saeed era criança, começou a rezar por curiosidade. Tinha visto a mãe e o pai rezando, e o ato continha para ele certo mistério. Sua mãe costumava rezar no quarto, talvez uma vez por dia, a não ser em épocas religiosas específicas, ou quando havia uma morte na família, ou uma doença, casos em que rezava com mais frequência. Seu pai rezava sobretudo às sextas-feiras, sob circunstâncias normais, e só esporadicamente durante a semana. Saeed os via se preparando para a oração, e os via rezando, e o rosto deles depois de rezar, geralmente sorrindo, como que aliviado, ou liberto, ou confortado, e se perguntava o que acontecia quando alguém rezava, e ficou curioso para experimentar aquilo por conta própria, de modo que pediu para aprender antes mesmo que seus pais tivessem pensado em lhe ensinar, e sua mãe proporcionou a instrução requisitada num verão especialmente quente, e foi assim que a coisa começou para ele. Até o fim de seus dias, a oração de vez em quando faria Saeed recordar sua mãe, e o quarto de seus pais com seu perfume leve, e o ventilador de teto rodopiando no calor.

Quando Saeed entrou na adolescência, seu pai lhe perguntou se queria acompanhá-lo à oração coletiva semanal. Saeed disse sim, e, portanto, toda sexta-feira, sem falta, o pai de Saeed passava de carro em casa e apanhava o filho para rezar com ele e com outros homens, e a oração para ele passou a ter a ver com tornar-se um homem, ser um dos homens, um ritual que o conectava à idade adulta e à noção de ser um homem de tipo especial, um cavalheiro, um homem bom, um homem que defendia a comunidade e a fé e a gentileza e a decência — em outras palavras, como seu pai. Rapazes rezam por diferentes coisas, evidentemente, mas alguns rezam para honrar os homens que os criaram, e Saeed era um rapaz bem desse molde.

Na época em que Saeed entrou na universidade, seus pais rezavam mais do que quando ele era menor, talvez porque àquela altura eles já tivessem perdido muitos entes queridos, ou talvez porque a natureza transitória de suas próprias vidas estivesse se tornando cada vez mais evidente para eles, ou talvez porque se preocupassem com o filho num país que parecia cultuar o dinheiro acima de tudo, apesar de tantas outras formas de culto expressas da boca para fora, ou talvez simplesmente porque suas relações pessoais com a oração tivessem se aprofundado e ficado mais significativas ao longo dos anos. Também Saeed passou a rezar com mais frequência naquele período, pelo menos uma vez por dia, e valorizava a disciplina da oração, o fato de ser um código, uma promessa que fizera e que cumpria.

Agora, porém, em Marin, Saeed rezava ainda mais, várias vezes por dia, e rezava fundamentalmente como um gesto de amor pelo que se acabara e iria se acabar e não podia ser amado de outro jeito. Ao rezar ele tocava seus pais, que não podiam ser tocados de outra maneira, e tocava um sentimento de que somos todos filhos que perdem os pais, todos nós, todo homem e mulher e menino e menina, e todos também faltaremos um dia àqueles que vêm depois de nós e que nos amam, e essa perda unifica a humanidade, unifica todos os seres humanos, a natureza temporária de nossa existência, nossa dor compartilhada, a angústia que cada um de nós carrega e no entanto muitas vezes se recusa a reconhecer no outro, e com isso Saeed sentia que talvez fosse possível, em face da morte, acreditar no potencial da humanidade para construir um mundo melhor, e portanto ele rezava como um lamento, uma consolação e uma esperança, mas sentia que não podia expressar isso a Nadia, esse mistério ao qual a oração o ligava, e que era tão importante expressar, e que de algum modo ele foi capaz de expressar à filha do pregador, na primeira vez que tiveram uma conversa propriamente dita, numa pequena cerimônia em que por acaso foi depois do trabalho, e que se revelou uma homenagem póstuma à mãe dela, que viera do país de Saeed, e era rememorada coletivamente a cada aniversário de sua morte, e sua filha, que era também filha do pregador, disse a Saeed, que estava sentado perto dela, fale-me então sobre o país de minha mãe, e quando Saeed abriu a boca, acabou falando sem querer sobre sua própria mãe, e falou por muito tempo, e a filha do pregador falou também por muito tempo, e quando terminaram de falar já era tarde da noite.

Saeed e Nadia eram fiéis e, qualquer que fosse o nome que davam a seu vínculo, acreditavam, cada um a seu modo, que ele exigia que protegessem um ao outro, e assim nenhum dos dois falava muito em se afastar, por não querer infligir um temor de abandono, ao mesmo tempo que ambos sentiam silenciosamente tal temor, o temor da ruptura de seu laço, do fim do mundo que tinham construído juntos, um mundo de experiências compartilhadas que não seriam compartilhadas com mais ninguém, e de uma linguagem íntima compartilhada que era só deles, e a clareza de que o que eles talvez viessem a romper era especial e provavelmente insubstituível. Mas se o medo era uma parte daquilo que os mantinha juntos naqueles primeiros meses em Marin, mais poderoso que o medo era o desejo de ver o outro mais certo do rumo a tomar antes da despedida, e assim no final o relacionamento deles ficou parecendo de certo modo o de dois irmãos, no qual a amizade era o elemento mais forte, e, diferentemente de muitas paixões, a deles foi esfriando devagar, sem degenerar em seu inverso, a raiva, a não ser de modo intermitente. Em anos posteriores, isso seria motivo de alegria, e ambos iriam também se perguntar se isso significava que tinham cometido um erro, que, se tivessem esperado para ver, seu relacionamento floresceria de novo, e assim suas lembranças adquiriam força, como é evidentemente o modo pelo qual nascem nossas maiores nostalgias.

Entretanto, o ciúme se insinuava no barraco deles de tempos em tempos, e o casal que se descasava chegava a discutir, mas em geral eles davam mais espaço um ao outro, um processo que vinha ocorrendo havia algum tempo, e se havia tristeza e alarme naquilo havia também alívio, e o alívio era mais forte.

Havia também proximidade, pois o fim de um casal é como uma morte, e a noção de morte, de transitoriedade, pode nos fazer recordar o valor das coisas, como aconteceu com Saeed e Nadia, e assim, embora falassem e fizessem menos coisas juntos, eles se enxergavam mais, embora não com mais frequência.

Certa noite, um dos drones minúsculos do verdadeiro enxame que vigiava o distrito deles, não maior do que um beija-flor, espatifou-se contra a placa de plástico que servia como porta e janela do seu barraco, e Saeed juntou os pedaços de seu corpo inerte e iridescente para mostrá-lo a Nadia, e ela sorriu e disse que eles deviam dar-lhe um enterro, e cavaram um pequeno buraco ali mesmo, no solo íngreme onde ele tinha caído, usando uma pá, e cobriram a cova com terra batida, e Nadia perguntou se Saeed pretendia oferecer uma oração pelo autômato falecido, e ele riu e disse que talvez sim.

Às vezes eles gostavam de se sentar do lado de fora do barraco, ao ar livre, onde podiam ouvir todos os sons do novo assentamento, sons como os de um festival, música, vozes, uma moto, o vento, e se perguntavam como teria sido Marin antes. As pessoas diziam que tinha sido linda, mas de um jeito diferente, e vazia.

O inverno daquele ano foi uma estação que teve salpicos de outono e primavera misturados, até mesmo um ou outro dia de verão. Uma vez em que se sentaram do lado de fora estava tão quente que eles não precisavam de agasalhos, e ficaram observando o sol descer em raios oblíquos através das frestas nas nuvens brilhantes e turbulentas, iluminando pedacinhos de San Francisco e de Oakland e das águas escuras da baía.

"O que é aquilo?", Nadia perguntou a Saeed, apontando uma forma geométrica achatada.

"Chamam de Ilha do Tesouro", Saeed respondeu.

Ela sorriu. "Que nome interessante."

"É mesmo."

"Aquela atrás dela que devia ser chamada de Ilha do Tesouro. É mais misteriosa."

Saeed concordou com a cabeça. "E aquela ponte, a Ponte do Tesouro."

Alguém estava cozinhando numa fogueira próxima, além da fileira seguinte de barracos. Podiam ver uma fina espiral de fumaça e sentir o cheiro de alguma coisa. Não era carne. Batata-doce, talvez. Ou quem sabe banana-da-terra.

Saeed hesitou, depois tomou a mão de Nadia, com a palma cobrindo os nós dos dedos dela. Ela curvou os dedos, acomodando-os entre os dele. Julgou sentir a pulsação de Saeed. Ficaram sentados assim por um bom tempo.

"Estou com fome", ela disse.

"Eu também."

Ela quase o beijou no rosto hirsuto. "Bem, em algum lugar ali embaixo tem tudo no mundo que alguém pode querer comer."

Não muito longe, ao sul, na cidade de Palo Alto, vivia uma mulher idosa que tinha morado a vida toda na mesma casa. Seus pais a tinham levado para aquela casa quando ela nasceu, e sua mãe morrera quando ela era adolescente, e o pai, quando ela tinha vinte e poucos anos, e seu marido juntara-se a ela ali, e seus dois filhos tinham crescido naquela casa, e ela vivera ali sozinha com eles depois de se divorciar, e mais tarde com seu segundo marido, padrasto deles, e seus filhos tinham ido para a universidade e não tinham mais voltado, e seu segundo marido morrera havia dois anos, e ao longo desse tempo todo ela não se mudara; viajara, isso sim, mas nunca se mudara, e no entanto parecia que o mundo tinha se mudado, e ela mal reconhecia a cidade que existia em torno da sua propriedade.

A mulher idosa se tornara uma mulher rica no papel, a casa agora valia uma fortuna, e seus filhos estavam sempre infernizando-a para que a vendesse, dizendo que ela não precisava de todo aquele espaço. Mas ela lhes dizia para ser pacientes, que a casa seria deles quando ela morresse, o que agora não ia demorar muito, e dizia isso com doçura, para que soasse mais cortante, e para lembrar-lhes do quanto eles eram motivados pelo dinheiro,

dinheiro que gastavam sem ter, o que ela nunca fizera, sempre poupando para os dias difíceis, mesmo que só um pouquinho.

Uma de suas netas estudava na importante universidade próxima dali, uma universidade que, durante a existência da mulher idosa, convertera-se de um segredo local numa das mais famosas do mundo. Essa neta vinha vê-la uma vez por semana. Era a única entre os descendentes da mulher idosa que fazia isso, e a mulher idosa a adorava, e também às vezes se sentia desconcertada diante dela: olhando para a neta, julgava ver como ela própria teria sido caso tivesse nascido na China, pois a neta possuía traços da mulher idosa, e aos olhos desta, no entanto, parecia, no conjunto, mais ou menos, mais para mais do que para menos, uma chinesa.

Havia uma ladeira que conduzia à rua da mulher idosa, e quando criança ela costumava empurrar sua bicicleta ladeira acima e depois descer a toda a velocidade, sem pedalar; naquela época as bicicletas eram mais pesadas, difíceis de levar ladeira acima, especialmente quando a pessoa era pequena, como ela era na época, e a bicicleta grande demais, como a dela. Ela gostava de ver até onde conseguia rodar desembestada sem parar, passando como um raio pelos cruzamentos, alerta para frear se precisasse, mas não exageradamente alerta, porque havia muito menos tráfego naquela época, pelo menos até onde ela conseguia se lembrar.

Ela sempre tivera carpas num laguinho musgoso no fundo da casa, carpas que sua neta chamava de peixes-dourados, e ela sabia os nomes de quase todo mundo em sua rua, e a maioria tinha estado ali por muito tempo, eram da velha Califórnia, de famílias que eram famílias californianas, mas com o passar dos anos elas passaram a mudar cada vez mais depressa, e agora ela não conhecia mais ninguém, e não via motivo para se esforçar nesse sentido, pois as pessoas compravam e vendiam casas como quem compra e vende ações, e a cada ano alguém estava de partida e alguém estava chegando, e agora todos aqueles portais de sabe-se lá onde estavam se abrindo, e havia em volta todo tipo de gente estranha, gente que parecia sentir-se mais em casa do que ela própria, até mesmo os sem-teto, que nem sequer falavam inglês, se sentiam mais em casa talvez por serem jovens, e quando ela saía de casa tinha a impressão de também ter migrado, de que todo mundo migra, mesmo que permaneça na mesma casa a vida toda, porque não há como evitar.

Somos todos migrantes através do tempo.

Onze

Em todo o mundo havia pessoas escapulindo dos lugares onde tinham vivido, de planícies outrora férteis que agora rachavam de tanta secura, de aldeias litorâneas arfando sob o movimento das marés, de metrópoles superpovoadas e mortíferos campos de batalha, e escapulindo de outras pessoas também, de pessoas que em alguns casos tinham amado, como Nadia estava escapulindo de Saeed, e Saeed de Nadia.

Foi Nadia que tocou primeiro no assunto de sua saída do barraco; mencionou-o de passagem entre uma tragada e outra num baseado, retendo a fumaça no pulmão enquanto o aroma do que tinha dito pairava no ar. Saeed não disse nada em resposta, limitou-se também a dar uma tragada, contendo o ar com firmeza e exalando-o depois para dentro da fumaça emitida por ela. De manhã, quando ela acordou, ele a estava encarando, e afastou com um afago o cabelo do rosto dela, como havia meses não fazia, e disse que, se alguém devia deixar a casa que tinham construído, esse alguém era ele. Mas ao dizer isso sentiu que estava encenando, ou que estava confuso a ponto de não ser capaz de mensurar sua própria sinceridade. Achava mesmo que devia ser ele a sair, que estava em falta por ter se aproximado da filha do pregador. Portanto, não eram as palavras que lhe soavam como uma encenação, e sim a carícia no cabelo de Nadia, o qual, conforme lhe parecia naquele momento, ele talvez nunca mais tivesse permissão de acariciar. Também Nadia se sentiu ao mesmo tempo confortada e desconfortável com aquela intimidade física, e disse que não, que, se fosse para um dos dois sair, queria que fosse ela, e detectou igualmente uma falsidade em suas próprias palavras, pois sabia que não era uma questão de se, mas de quando, e que esse quando seria logo.

Um estrago começou a ficar visível no relacionamento deles, e os dois reconheceram que seria melhor romper agora, antes que acontecesse algo pior, mas os dias se passaram antes que eles voltassem a discutir o assunto, e quando discutiram Nadia já estava enfiando suas coisas numa mochila e numa sacola, e assim a discussão sobre sua partida não foi, como fingiam que era, uma discussão sobre sua partida, mas uma navegação, através de palavras que diziam outra coisa, pelo mar dos temores que sentiam do que viria em seguida, e quando Saeed insistiu que queria carregar a bagagem dela, ela insistiu que não, e eles não se abraçaram nem se beijaram, só ficaram encarando um ao outro na porta aberta do barraco que tinha sido deles, e nem mesmo trocaram um aperto de mão, só olharam um para o outro por um bom tempo, pois qualquer gesto parecia inadequado, e em silêncio Nadia virou as costas e saiu andando para dentro da garoa e da névoa, e seu rosto sem maquiagem estava molhado e vivo.

Na cooperativa de alimentos em que Nadia trabalhava havia cômodos disponíveis, despensas nos fundos do andar de cima. Esses cômodos dispunham de catres, e trabalhadores com boa posição na cooperativa podiam usá-los, permanecer ali indefinidamente, ao que parecia, desde que seus colegas julgassem que seu motivo para ficar fosse válido, e a pessoa trabalhava horas extras para compensar o alojamento, e se essa prática provavelmente violava um ou outro código, o fato é que as regras já não valiam muito, mesmo ali, perto de Sausalito.

Nadia sabia que tinha gente alojada na cooperativa, mas não sabia como funcionava o esquema, e ninguém lhe contou. Pois embora ela fosse mulher, e a cooperativa fosse comandada e tocada predominantemente por mulheres, seu manto preto era visto por muitas pessoas como um meio de rechaçar os outros ou de se autossegregar, ou em todo caso como algo vagamente ameaçador, de modo que poucos colegas haviam de fato se aproximado dela até o dia em que um homem de pele clara e tatuado entrou quando ela estava trabalhando na caixa registradora, colocou uma pistola sobre o balcão e disse a ela: "E então, o que você acha desta porra?".

Nadia não soube o que dizer e por isso não disse nada. Não desafiou o olhar dele, tampouco desviou o seu. Seus olhos se concentraram num ponto do queixo dele, e os dois permaneceram assim, em silêncio, por um momento, e o homem repetiu o que dissera, com um pouco menos de firmeza na segunda vez, e então, sem roubar a cooperativa, sem atirar em Nadia, foi embora, levando sua arma e praguejando e chutando um cesto de maçãs deformadas ao sair.

Fosse porque tivessem ficado impressionados com sua firmeza em face do perigo, fosse porque tivessem corrigido sua percepção de quem era ameaça e quem era ameaçado, fosse simplesmente porque agora dispusessem de algo sobre o que falar, várias pessoas do seu turno de trabalho começaram a conversar com ela com mais frequência depois do episódio. Sentia que estava começando a fazer parte, e quando alguém lhe contou sobre a opção de morar na cooperativa, e que ela poderia se valer disso caso sua família a estivesse oprimindo, ou, como outra pessoa acrescentou depressa, caso desejasse simplesmente uma mudança, a possibilidade teve em Nadia o efeito de um choque de revelação, como se uma porta tivesse se aberto, no caso uma porta com a forma de um quarto.

Foi para esse quarto que Nadia se mudou quando se separou de Saeed. O cômodo cheirava a batata, tomilho e hortelã, e o catre tinha um pouco de cheiro de gente, muito embora estivesse razoavelmente limpo, e não havia toca-discos, nem espaço para decorar, pois ali continuava a ser uma despensa. Mas mesmo assim lembrava a Nadia seu apartamento em sua cidade natal, que ela tanto amara, lembrava-a de como era morar lá sozinha, e embora não tenha dormido nem um pouco na primeira noite, e na segunda apenas de modo intermitente, com o correr dos dias ela passou a dormir cada vez melhor, e aquele quarto começou a lhe parecer um lar.

Naqueles dias o distrito em torno de Marin parecia estar se reerguendo depois de uma depressão profunda e coletiva. Já se disse que a depressão é a incapacidade de imaginar um futuro plausível e desejável para si próprio, e não apenas em Marin, mas em toda a região, na área da Baía de San Francisco, e em muitos outros lugares também, próximos e distantes, o apocalipse parecia ter chegado, e no entanto não era apocalíptico, quer dizer, embora as mudanças estivessem irrompendo, elas não eram o fim, e a vida prosseguia, e as pessoas encontravam o que fazer e modos de viver e gente com quem conviver, e futuros plausíveis e desejáveis começavam a emergir, inimagináveis antes, mas não inimagináveis agora, e o resultado não era muito diferente de alívio.

Havia mesmo um grande florescimento criativo na região, especialmente na música. Alguns falavam em nova era do jazz, e era possível caminhar por Marin e topar com todos os tipos de conjuntos musicais, humanos com humanos, humanos com parafernália eletrônica, pele escura com pele clara com metal reluzente com plástico fosco, música computadorizada e música acústica e até mesmo pessoas que usavam máscaras e se escondiam dos olhares alheios. Tipos diferentes de música congregavam tribos diferentes de pessoas, tribos que não tinham existido antes, como é sempre o caso, e num desses encontros Nadia avistou a cozinheira-chefe da cooperativa, uma bela mulher de braços fortes, e a mulher viu Nadia olhando para ela e acenou com a cabeça mostrando que a reconhecera. Mais tarde elas acabaram em pé lado a lado conversando, não muito, e apenas entre uma canção e outra, mas quando a sequência musical terminou, elas não foram embora, continuaram a ouvir e a conversar durante a sequência seguinte.

A cozinheira tinha olhos de um azul que parecia quase inumano, ou antes um azul que Nadia nunca imaginara antes como humano, tão claros a ponto de sugerir, para quem os via quando a cozinheira estava olhando para outro lado, que talvez fossem cegos. Mas quando eles olhavam para a pessoa, não havia dúvida de que enxergavam, pois aquela mulher fitava de modo tão vigoroso, era uma observadora tão firme, que seu olhar atingia o outro como uma força física, e Nadia sentia uma palpitação ao ser fitada por ela e ao retribuir seu olhar.

A cozinheira era, obviamente, uma expert em comida, e ao longo das semanas e meses seguintes introduziu Nadia a todo tipo de velhas culinárias, e a novas culinárias que estavam nascendo, pois muitos dos pratos do mundo estavam se misturando e sendo reformulados em Marin, e o lugar era o paraíso de um degustador, e o racionamento em curso significava que as pessoas estavam sempre um pouco famintas, prontas para saborear o que tivessem pela frente, e Nadia nunca antes tivera tanto prazer em degustar como agora em companhia da cozinheira, que lhe lembrava um pouco um caubói, e que fazia amor, quando elas faziam amor, com mão firme e olhar seguro e uma boca que fazia pouca coisa, mas fazia muito bem.

Saeed e a filha do pregador se aproximaram também, e embora houvesse alguma resistência da parte de outros a essa aproximação, pois os antepassados de Saeed não tinham sofrido a experiência da escravidão e suas consequências no continente em que estavam, os efeitos da corrente religiosa específica do pregador diminuíram essa resistência, e com o tempo a convivência também ajudou, bem como o trabalho desempenhado por Saeed ao lado de seus colegas voluntários, e além disso havia o fato de que o pregador tinha se casado com uma mulher do país de Saeed, e também de que a filha do pregador tinha nascido de uma mulher do país de Saeed, de modo que a proximidade do casal, ainda que suscitasse desassossego aqui e ali, era tolerada, e para o próprio par sua proximidade trazia tanto a centelha do exótico quanto o conforto da familiaridade, como acontece com tantos casais, quando começam.

Saeed a procurava pela manhã, quando chegava para trabalhar, e eles conversavam e sorriam de soslaio, e talvez ela tocasse o cotovelo dele, e se sentavam juntos no almoço coletivo, e no entardecer, quando terminava o trabalho do dia, caminhavam por Marin, para cima e para baixo pelas trilhas e ruas que estavam se formando, e uma vez estavam passando pelo barraco de Saeed e ele contou que aquela tinha sido sua casa, e na vez seguinte em que passavam por ali ela pediu para ver como era por dentro, e eles entraram e fecharam a porta de plástico atrás de si.

A filha do pregador encontrava em Saeed uma atitude diante da fé que a intrigava, e achava muito sexy a amplitude de seu olhar sobre o universo, o modo como ele falava das estrelas e das pessoas do mundo, e também o seu toque, e gostava do feitio do seu rosto, de como ele lhe lembrava sua mãe e, consequentemente, sua própria infância. E Saeed a considerava uma pessoa com quem era notavelmente fácil conversar, não apenas porque ela sabia ouvir e falava bem, mas porque o motivava a querer ouvir e falar, e desde o primeiro momento ele a achara tão atraente que era quase difícil olhar para ela, e também, embora não dissesse isso, e nem mesmo se importasse de pensar, havia aspectos dela que tinham muito a ver com Nadia.

A filha do pregador estava entre as líderes locais do movimento pelo plebiscito, que reivindicava uma votação sobre a criação de uma assembleia regional para a área da Baía de San Francisco, com membros eleitos com base no princípio uma pessoa, um voto, independentemente do lugar de onde viesse. Como essa assembleia iria coexistir com outros corpos governamentais ainda estava em aberto. Talvez no começo tivesse apenas uma autoridade moral, mas tal autoridade poderia ser substancial, pois, diferentemente daquelas outras entidades para as quais alguns humanos não são humanos o bastante para exercer o sufrágio, essa nova assembleia expressaria o desejo de todas as pessoas, e em face desse desejo, esperava-se, uma justiça maior talvez deixasse de ser negada com tanta facilidade.

Um dia ela mostrou a Saeed um aparelhinho que lhe pareceu um dedal. Ela estava bem feliz, e ele perguntou por quê, e ela respondeu que aquilo poderia ser a chave para o plebiscito, pois tornava possível distinguir uma pessoa de outra e garantir que todos só pudessem votar uma vez, e estava sendo fabricado em grande escala, a um custo tão baixo que era quase nada, e ele segurou aquilo na palma da mão e descobriu, para sua surpresa, que não pesava mais do que uma pluma.

Quando Nadia abandonou o barraco deles, ela e Saeed não voltaram a se falar naquele dia, tampouco no dia seguinte. Foi a mais longa interrupção de contato entre eles desde que tinham deixado sua cidade natal. Ao anoitecer do segundo dia de separação, Saeed telefonou para perguntar a ela como estavam indo as coisas, para saber se ela estava em segurança e também para ouvir sua voz, e a voz que ouviu era familiar e estranha, e enquanto conversavam ele ficou com vontade de vê-la, mas não disse, e eles desligaram sem combinar um encontro. Ela lhe telefonou na noite seguinte, de novo uma chamada breve, e depois disso passaram a se falar ou trocar mensagens na maioria dos dias, e apesar de terem passado separados o primeiro fim de semana, no segundo combinaram de se encontrar para um passeio à beira-mar, e caminharam ao som do vento e das ondas que quebravam e do chiado da sua espuma.

Encontraram-se de novo para uma caminhada no fim de semana seguinte, e no seguinte àquele, e havia uma tristeza nesses encontros, pois sentiam falta um do outro e estavam sozinhos e um tanto à deriva naquele novo lugar. Às vezes depois que eles se viam, Nadia sentia que algo se rasgava dentro dela, e às vezes Saeed sentia isso também, e ambos oscilavam, prestes a fazer algum gesto físico que os atasse um ao outro de novo, mas acabavam conseguindo resistir.

O ritual de seu passeio semanal foi interrompido, como costuma acontecer nessas relações, pelo fortalecimento de outros chamados, o chamado da cozinheira no caso de Nadia, da filha do pregador no caso de Saeed, bem como de novas amizades. Se o primeiro passeio compartilhado de fim de semana que deixaram de fazer foi sentido agudamente pelos dois, o segundo já não foi tanto, e o terceiro nem um pouco, e logo eles estavam se encontrando uma vez por mês, se tanto, e vários dias se passavam sem uma mensagem ou telefonema.

Os dois permaneciam nesse estado de conexão tangencial quando o inverno deu lugar à primavera — embora as estações em Marin parecessem às vezes durar apenas uma parte do dia, mudando assim que a pessoa tirava a jaqueta ou vestia uma blusa — e continuavam nesse estado quando uma cálida primavera deu lugar a um verão ameno. Nenhum dos dois gostava muito de captar on-line vislumbres inesperados da nova existência do ex-parceiro, de modo que se distanciaram um do outro nas redes sociais, e, embora desejassem estar de olho um no outro, manter o contato cobrava seu preço, servindo como um lembrete perturbador de uma vida não vivida, e também aos poucos eles foram ficando menos preocupados um com o outro, menos preocupados em saber se um precisava do outro para ser feliz, e por fim passou-se um mês sem contato algum, e depois um ano, e depois uma vida inteira.

Nas redondezas de Marrakesh, nos morros, contemplando do alto a residência suntuosa de um homem que em outros tempos talvez tivesse sido chamado de príncipe e de uma mulher que em outros tempos talvez tivesse sido chamada de estrangeira, havia numa aldeia cada vez mais deserta uma criada que não falava e, talvez por essa razão, nem imaginava ir embora dali. Ela trabalhava na mansão lá embaixo, uma casa que agora tinha menos serviçais do que tinha um ano antes, e muito menos do que dois anos antes, pois seus empregados foram aos poucos fugindo ou trocando de emprego, mas não a criada, que ia para o trabalho de ônibus a cada manhã e que sobrevivia graças ao seu salário.

A criada não era velha, mas seu marido e sua filha tinham partido, o marido não muito depois do casamento, para a Europa, de onde não tinha voltado, e de onde a certa altura parara de mandar dinheiro. A mãe da criada tinha dito que era porque ela não falava e porque dera a ele uma amostra dos prazeres da carne, desconhecidos por ele antes do casamento, e desse modo o tinha armado como homem e sido desarmada pela natureza como mulher. Mas sua mãe tinha sido muito dura, e a criada não julgava ruim a troca, pois seu marido lhe havia dado uma filha, e essa filha lhe proporcionara companhia em sua jornada ao longo da vida, e embora a filha tivesse atravessado os portais, voltava para visitá-la, e a cada vez que voltava dizia à criada para partir junto com ela, e a criada dizia não, pois tinha uma percepção da fragilidade das coisas, e sentia-se como uma pequena planta num pequeno pedaço de solo encerrado entre as rochas de um lugar seco e tempestuoso, e que não era desejada pelo mundo, e ali ela pelo menos era conhecida e tolerada, e isso era uma bênção.

Na idade em que a criada estava, os homens tinham parado de vê-la. Tivera um corpo de mulher quando ainda era menina, quando saiu de casa para casar, tão jovem, e seu corpo desabrochara ainda mais depois que ela dera à luz e amamentara sua filha, e os homens então paravam na rua para olhá-la, não para o seu rosto, mas para o seu corpo, e ela ficara frequentemente alarmada com aqueles olhares, em parte por causa do perigo que havia neles, em parte porque sabia como eles mudavam de atitude ao saber que era muda, de modo que parar de ser vista era em grande parte um alívio. Em grande parte, quase inteiramente, mas não inteiramente, pois a vida não concedera à criada o espaço para o luxo da vaidade, mas, mesmo assim, ela era humana.

A criada não sabia a própria idade, mas sabia que era mais jovem que a senhora da casa onde trabalhava, cujo cabelo ainda era bem preto e cuja postura ainda era ereta e cujos vestidos ainda eram decotados com intenção de provocar o desejo. A senhora parecia não ter envelhecido nada em todos aqueles longos anos em que a criada trabalhara para ela. Com certa distância podia ser confundida com uma mulher bem jovem, ao passo que a criada parecia ter envelhecido duplamente, talvez pelas duas, como se sua ocupação tivesse sido a de envelhecer, de trocar magicamente meses por cédulas de dinheiro e comida.

No verão em que Saeed e Nadia estavam partindo para vidas separadas, a filha da criada veio visitar a mãe naquela aldeia que quase todo mundo tinha abandonado e as duas tomaram café sob o céu do crepúsculo e contemplaram a poeira avermelhada que se erguia ao sul, e a filha pediu de novo à mãe que fosse com ela.

A criada olhou para a filha, que lhe parecia ter herdado o melhor dela, e também do marido, pois podia vê-lo nela, e o melhor de sua própria mãe, cuja voz ela ouvia sair da boca da filha, forte e baixa, mas não suas palavras, pois as palavras da filha eram completamente diferentes das que a avó costumava dizer, eram velozes, ágeis e novas. A criada tomou na sua a mão da filha e levou-a aos lábios e a beijou, a pele de seus lábios grudando por um instante na pele da sua menina, mantendo-se grudada mesmo ao baixar a mão da filha, a forma dos lábios maleável dessa maneira, e a criada sorriu e balançou a cabeça negativamente.

Um dia talvez pudesse ir, pensou.

Mas não hoje.

Doze

Meio século mais tarde Nadia voltou pela primeira vez à cidade natal, onde os fogos que ela testemunhara na juventude haviam se convertido em cinzas muito tempo antes, pois as vidas das cidades eram bem mais persistentes e mais suavemente cíclicas que as vidas das pessoas, e a cidade onde ela se encontrava não era um paraíso, tampouco era um inferno, e era familiar mas também desconhecida, e um dia quando perambulava devagar, explorando o ambiente, ela foi informada de que Saeed estava por perto, e depois de ficar paralisada por um tempo considerável, entrou em contato com ele, e concordaram em se encontrar.

Encontraram-se num café perto do antigo prédio dela, que ainda estava em pé, embora a maioria dos outros ao redor tivesse mudado, e se sentaram perto um do outro em dois lados adjacentes de uma mesinha quadrada, sob o céu, e se entreolharam com olhares acolhedores, pois o tempo tinha feito o que o tempo faz, mas eram olhares de um reconhecimento especial, e ficaram observando os jovens daquela cidade passar, jovens que não faziam ideia de como tinham sido ruins as coisas em outro tempo, exceto o que estudavam nas aulas de história, o que talvez fosse como devia mesmo ser, e bebericaram seus cafés e falaram.

A conversa navegou por duas vidas, com alguns detalhes vitais realçados e outros excluídos, e foi também uma dança, pois eram ex-amantes, e não tinham ferido um ao outro com tanta profundidade que tivessem perdido a capacidade de encontrar um ritmo juntos, e foram ficando mais jovens e brincalhões à medida que o café diminuía em suas xícaras, e Nadia disse, imagine como a vida seria diferente se eu tivesse concordado em casar com você, e Saeed disse, imagine como teria sido diferente se eu tivesse concordado em fazer sexo com você, e Nadia disse, estávamos fazendo sexo, e Saeed pensou um pouco e sorriu e disse sim, acho que estávamos.

Acima deles satélites brilhantes atravessavam o céu que escurecia e os últimos falcões voltavam ao que sobrara de seus ninhos, e ao redor deles transeuntes não paravam para olhar aquela velha com seu manto negro ou aquele velho com sua barba rente.

Terminaram seus cafés. Nadia perguntou se Saeed tinha estado nos desertos do Chile e contemplado as estrelas e se tudo tinha sido como ele imaginava que seria. Ele fez que sim com a cabeça e disse que se ela tivesse uma noite livre ele a levaria, era um espetáculo que valia a pena ver nesta vida, e ela fechou os olhos e disse que iria gostar muito, e eles se levantaram e se abraçaram e se despediram sem saber, por ora, se tal noite chegaria para eles.

ESTA OBRA FOI COMPOSTA EM ELECTRA PELO ESTÚDIO O.L.M./ FLAVIO PERALTA
E IMPRESSA EM OFSETE PELA GRÁFICA BARTIRA SOBRE PAPEL PÓLEN SOFT
DA SUZANO PAPEL E CELULOSE PARA A EDITORA SCHWARCZ EM ABRIL DE 2018

A marca FSC® é a garantia de que a madeira utilizada na fabricação do papel deste livro provém de florestas que foram gerenciadas de maneira ambientalmente correta, socialmente justa e economicamente viável, além de outras fontes de origem controlada.